Témoins en danger

ROLAND SMITH

Traduit de l'anglais (États-Unis) par :
Dominique Piat

Témoins en danger

Tribal Flammarion

Titre original :
Jack's run

© 2005 by Roland Smith.
Originally published in the United States and Canada by
Hyperion Books for Children as *Jack's Run*. This translated edition
published by arrangement with Hyperion Books for Children.
© Éditions Flammarion pour la traduction française, 2006
87, quai Panhard-et-Levassor – 75647 Paris cedex 13
ISBN : 978-2-0816-3388-9

Pour tous ceux qui m'ont demandé :
« Il se passe quoi ensuite ? »

Chère Cataline,

Voici la lettre que je t'aurais écrite, si on m'avait autorisé à le faire...
Mon vrai nom est Jack Osborne. Il y a un an mon père a été arrêté et incarcéré pour trafic de stupéfiants. Une nuit, trois types ont fait irruption chez nous, ils ont menacé de nous tuer, ma sœur, ma mère et moi, si mon père parlait, s'il révélait les activités du cartel de trafiquants pour lequel il pilotait des avions. Le grand patron de ce cartel s'appelle Alonzo Aznar. C'est un des trois types qui se sont introduits chez nous cette fameuse nuit.

En échange de notre sécurité, mon père a promis de fournir à la Brigade des stupéfiants tous les renseignements nécessaires pour faire tomber Aznar. À l'époque où il travaillait pour Aznar, mon père tenait un journal dans lequel il consignait tous les détails de chaque opération menée par le cartel.

La police nous a soumis au Dispositif de Protection des Témoins, géré par les services judiciaires fédéraux. On a changé de nom, d'apparence et on nous a expédiés à Elko pour commencer une nouvelle vie. Malheureusement, comme tu le sais, Alonzo Aznar a retrouvé nos traces à Elko. Grâce à Sam Sebesta, Alonzo est à présent en prison, où il attend d'être jugé, mais nos ennuis ne sont pas terminés pour autant. Ses sbires sont toujours à nos trousses, ils veulent retrouver le journal de mon père. Aujourd'hui, nous sommes les Greene : Robert, Mélanie et leurs deux enfants – Christine et Mack.

Il ne s'écoule pas un jour sans que je pense à toi, Cat. Ce que je crains plus que tout au monde, ce n'est pas Alonzo Aznar, c'est de ne plus jamais te revoir.

Je n'ai pas encore le droit de t'envoyer cette lettre. Mais un jour, lorsqu'il n'y aura plus le moindre risque, je collerai un timbre sur l'enveloppe et je la glisserai dans une boîte aux lettres. Ce jour-là sera le plus beau jour de ma vie.

*Je t'embrasse,
Jack*

1ᴱᴿ JOUR
Les Greene

CHAPITRE 1

Le téléphone sonna, mais Mack n'esquissa même pas un geste pour répondre.

Il était allongé sur son lit, un maigre filet d'air faisait frissonner la moustiquaire de la véranda et, pour la première fois depuis vingt-quatre heures, il avait enfin le sentiment de respirer. Ce qui l'indisposait plus encore que la chaleur, c'était l'humidité. Cette texture poisseuse et écœurante de l'air, cette sensation de se mouvoir dans une marmite de bouillon cube fumant.

Les Greene avaient débarqué à Manteo[1] en novembre dernier. L'hiver avait été doux et

---

[1]. Station balnéaire située sur l'île de Roanoke au large des côtes du comté de Dare en Caroline du Nord. (N. d. T.)

agréable, le printemps aussi, mais dès le début du mois de juin, dès la fin des cours, la chaleur avait drapé Roanoke Island dans un linceul d'humidité permanente. Le seul moment de répit avait lieu entre cinq et huit heures du matin lorsque la brise du large soufflait de l'Atlantique vers les côtes. Le meilleur endroit pour en profiter, c'était la véranda – protégée par une moustiquaire – qui s'ouvrait sur le jardin derrière la maison.

L'idée que son fils dorme sur la véranda n'avait guère enthousiasmé la mère de Mack.

« Trop risqué, avait-elle dit. Trop dangereux. » Puis, devant ses jérémiades répétées, elle avait fini par céder.

Le téléphone sonnait toujours. Son père avait dû oublier de brancher le répondeur avant de partir travailler.

Celui – ou celle – qui téléphonait insistait. Mack était sûr que ce n'était pas pour lui. Depuis huit mois qu'il habitait Manteo, il n'avait toujours pas d'amis ; du moins, pas au point de leur donner le numéro – sur liste rouge – de sa famille.

La dernière fois qu'il s'était fait une amie, elle avait failli être tuée [1]. Il préférait attendre l'automne et la prochaine rentrée scolaire pour

---

[1]. Voir *Disparition programmée* de Roland Smith (publié en Tribal), premier volet des aventures de la famille Osborne. (N.d.T.)

se faire des amis. Le sort d'Alonzo Aznar serait alors réglé et il saurait si c'était toujours risqué.
La sonnerie du téléphone s'obstinait. Mack s'assit, consulta sa montre. Huit heures cinq.
Ça ne pouvait pas être sa mère. Impossible. Elle était à Los Angeles avec Christine; là-bas, il était trois heures de moins qu'ici, et ni l'une ni l'autre n'étaient matinales. Ça ne pouvait pas, non plus, être un client de son père cherchant à le joindre pour une fuite ou un carreau cassé. Pour ses appels professionnels, son père utilisait exclusivement son téléphone portable.
«C'est peut-être papa, se dit-il. Il sait qu'il n'a pas une chance sur cent de me joindre sur mon portable.»
D'ailleurs, Mack ne savait même plus où il l'avait posé, ni si la batterie était chargée. À quoi bon s'embarrasser d'un portable si on n'a personne à qui parler?
Il alla décrocher dans la cuisine.
– Allô, Mack?
C'était Doris Welty.
– Je ne te réveille pas, j'espère?
– Plus ou moins, dit-il.
– Comment vas-tu?
– Bien.
Doris était officier fédéral. Avec son collègue, Donald Smites, elle était chargée de protéger les Greene – protection qui ne s'était guère révélée

efficace lorsqu'ils s'appelaient les Granger et habitaient Elko dans le Nevada...

— Pas d'individu suspect en train de rôder dans le secteur ? demanda-t-elle. Personne d'inquiétant ? Pas de sensations bizarres ?

Des sensations bizarres... Mack en éprouvait bien ces derniers temps, mais pas de celles qu'il aurait eu envie de partager avec Doris.

— Ton sixième sens te titille ?

Don et elle n'avaient de cesse d'évoquer ce sixième sens. « Si tu as l'impression qu'on te suit, qu'on t'observe, lui avait dit Don, c'est probablement vrai. »

— Non, répondit Mack. Pas de sixième sens.

En fait, il n'avait jamais ressenti ce soi-disant sixième sens dont Doris et Don lui rebattaient les oreilles.

— Alors comme ça, ton père et toi, vous vous la coulez douce, dit Doris.

— Ouais !

Mack venait d'apercevoir le mot que son père lui avait laissé sur la table de la cuisine.

Je passerai te prendre à six heures pour aller à la plage ramasser des crabes bleus.
Papa

— Le travail de ton père, ça va ? s'enquit Doris.

— Bien. Comment va Don ?

— Il est en vacances, répondit Doris. À ce propos, tu as des projets pour cet été ?

— Oui. Travailler deux jours par semaine avec papa. Buller. Sans doute aller voir Christine à Los Angeles avant de reprendre le lycée.

« Sauf si je réussis à convaincre mes parents de me laisser rester à Manteo... », se dit-il.

— Ta mère et ta sœur s'amusent comme des folles. Je leur ai téléphoné hier soir.

Brusquement, tout fut clair. Il s'agissait d'un coup de fil officiel. C'était la façon de Doris de lui faire comprendre qu'ils étaient sous surveillance. Les deux officiers fédéraux n'étaient d'ailleurs pas les seuls à les surveiller. L'agent Pelton, de la Brigade des stup, celui qui avait arrêté son père, appelait une ou deux fois par semaine. De même que les avocats de l'accusation, qui s'appliquaient à faire condamner Aznar. Tous les appels passaient par le bureau des fédéraux à Washington. Personne, en dehors de Don et Doris, ne savait où vivaient les Osborne, ni qui ils étaient devenus.

— Comment ça se passe avec Alonzo ? demanda-t-il.

Suivit un long silence. Mack savait que Doris n'aimait pas parler d'Alonzo avec lui – c'était pour cette raison qu'il avait posé la question.

17

– Oh... finit-elle par articuler. Inutile de t'inquiéter maintenant.

Mack haussa les sourcils, à deux doigts de lui demander pourquoi, si c'était le cas, les Osborne étaient toujours les Greene, toujours soumis au Dispositif de Protection des Témoins.

– Je ne suis pas inquiet, fit-il. Je veux parler du procès. C'est pour quand ?

– Je suis officier de police, pas procureur de la République. Demande plutôt à ton père.

Mack jeta un coup d'œil vers le calendrier fixé par un aimant sur la porte du réfrigérateur. Face au mercredi de la semaine suivante, il y avait un gros point d'interrogation rouge, et, en regard des semaines qui suivaient, un trait, rouge lui aussi. Il les avait remarqués la veille.

– On en a parlé, dit-il. (Il mentait.) Le procès commence dans deux semaines.

À nouveau, Doris hésita.

– Ah, bon ?

Mack n'était pas le seul à jouer la comédie. Sur l'agenda de bureau de Doris, la même date était inscrite.

– Et on se demandait s'il serait à nouveau ajourné, continua-t-il comme si son père et lui en avaient justement discuté le matin même, au petit déjeuner.

— Je ne pense pas, concéda Doris. Mercredi, c'est le début de toutes les étapes d'avant-procès, débats, motions préliminaires, sélection des jurés... ce genre de choses. Ton père ne sera pas convoqué avant un bout de temps.

— Pourquoi est-ce que le procès a été reporté aussi souvent ? demanda Mack. Alonzo doit être impatient de sortir de prison, non ?

— Mack, il n'a aucune chance d'en sortir. Lui et ses avocats en sont parfaitement conscients. Actuellement, il se trouve en détention à Atlanta, en Géorgie. C'est le luxe comparé à la prison qui l'attend en cas de condamnation. En tant que prévenu, on lui accorde certaines commodités dont il ne pourra pas bénéficier dans un pénitencier fédéral. Il repousse l'inévitable, mais le délai arrive à son terme.

Mack s'assit à la table, satisfait finalement d'avoir répondu au téléphone. En dix minutes, il en avait plus appris sur le déroulement de l'affaire Aznar qu'au cours des huit derniers mois. Ses parents refusaient catégoriquement d'en parler, partant du principe que sa sœur et lui devaient oublier ce qui était arrivé – ou pourrait encore arriver dans le futur – et qu'ils devaient seulement s'appliquer à devenir Mack et Christine Greene. Pour Christine, ça ne présentait pas grande difficulté. Elle s'était fait quantité de nouveaux amis et avait achevé sa terminale « sans un accroc » comme l'avait dit leur mère avec fierté. Jouer Christine Greene n'était pour elle qu'un rôle de plus.

Mais pour Mack, s'adapter n'était pas aussi simple. Il avait eu quelques ratés. Il lui était difficile d'oublier qu'Alonzo Aznar avait essayé de le tuer deux fois. Et il ne pouvait s'empêcher de se demander ce que Sam Sebesta, le concierge du lycée et ex-espion russe qui lui avait sauvé la vie, était devenu. Sans parler de Cataline Cristobal à qui il n'avait pas eu le temps de donner la moindre explication avant de fuir Elko.

« Que pense-t-elle de moi ? songea-t-il pour la millième fois. Est-ce qu'on me donnera l'occasion de lui parler quand toute cette affaire sera terminée ? »

L'amitié entre Mack et Cataline venait à peine de naître lorsque Alonzo avait débarqué à Elko à la recherche du journal de son père. Alonzo avait kidnappé Cataline et avait menacé de la tuer si Mack ne le lui remettait pas [1].

— Mack ? dit Doris. Tu es toujours là ?

— Heu... oui... Désolé.

Doris se mit à rire.

— Bon, je vais te laisser. J'appelais juste pour avoir de tes nouvelles et m'assurer que tout allait bien.

---

[1]. Voir *Disparition programmée*. (N. d. T.)

– Tante Doris... fit-il. Je voudrais te demander... Tu as des nouvelles de Sam Sebesta ?
– Qui ?
– Sam Sebesta.
– Le concierge du lycée ?
« Oui... excepté qu'il n'est pas plus concierge que toi... »
C'était lui qui avait réussi à arrêter Alonzo, à Elko. Et également à mettre le journal de son père en lieu sûr – grâce à quoi, son père était en semi-liberté.
– Non, dit Doris. Il n'a aucune raison de prendre contact avec nous. Pourquoi ?
– Non, rien... Mais après ce qu'il a fait à Alonzo... je suis un peu inquiet pour lui, c'est tout.
– À mon avis, Alonzo a des préoccupations plus importantes que le concierge de ton ancien lycée.
– Et Cataline ? Est-ce qu'elle a répondu à ma lettre ?
Après leur départ, les policiers l'avaient autorisé à lui écrire ; une lettre censurée, bien sûr, qui n'avait rien à voir avec celle qu'il aurait aimé lui envoyer.
– Mack, dit doucement Doris, les Granger sont comme les Osborne, partis sans laisser d'adresse. Ils n'ont plus de domicile connu où faire suivre le courrier. Je sais que c'est dur,

mais il faut vraiment que tu oublies tout ce qui s'est passé là-bas, ou avant. Tu dois avancer.

« Sauf que je ne peux pas, pensa Mack. J'ai laissé ma vie là-bas, auprès de Cataline Cristobal. »

Mais ça, il ne pouvait pas l'avouer à Doris – il ne pouvait l'avouer à personne.

CHAPITRE 2

Christine Greene était ravissante, chaleureuse, douée et, tout comme son père, elle avait l'art de se faire des amis partout où elle allait. À Los Angeles, comme ailleurs.

Dans l'avion qui les emmenait vers la Californie, elle et sa mère, elle avait rencontré un célèbre scénariste et un producteur de documentaires. Chacun lui avait donné son numéro de téléphone et lui avait promis de l'aider si elle en avait besoin.

Christine et sa mère pensaient qu'il leur faudrait au moins trois semaines pour trouver un appartement. En fait, il fallut à peine deux jours. Le scénariste qu'elles avaient croisé dans l'avion connaissait quelqu'un qui connaissait quelqu'un qui habitait près de l'université et cherchait une colocataire. Hannah Vernon était, elle aussi, une comédienne débutante, mais légèrement plus âgée. Elles sympathisèrent immédiatement et, dès le lendemain, Christine et sa mère emménagèrent dans le trois pièces de Hannah, situé dans une petite rue calme et s'ouvrant, à l'arrière, sur un jardin avec un citronnier.

Mélanie Greene avait été soulagée de trouver un logement aussi rapidement. Il était très important que Christine soit parfaitement installée avant que Mack la rejoigne à Los Angeles. D'après les avocats, le procès Aznar pouvait durer plusieurs semaines, peut-être même plusieurs mois, et durant toute cette période, les Greene seraient très vulnérables. Alonzo et sa clique sauraient où les trouver.

« D'après moi, il ne tentera rien, avait dit l'agent Pelton. Mais, avec lui, on n'est sûr de rien. C'est un dingue. S'il est condamné, il n'aura plus rien à perdre. Il serait préférable que les enfants restent à l'écart de tout ça, envoyez-les chez une personne de confiance. »

Du temps où ils étaient les Osborne, ils étaient entourés de gens à qui ils auraient pu faire confiance – la famille, des vieux amis –, mais les Greene, eux, n'avaient ni famille ni amis intimes. Et, à supposer qu'ils en aient eu, qu'est-ce que Mélanie aurait pu leur dire ? « Merci de vous occuper des enfants. Un détail, tout de même, méfiez-vous des trafiquants de drogues. S'ils entrent chez vous, ils risquent d'assassiner toute votre famille. »

La seule solution, c'était d'expédier Mack chez sa sœur. Mack devait arriver à Los Angeles quelques jours avant le début du procès. Ses parents ne lui avaient pas dit qu'il risquait d'habiter là-bas plus longtemps. Depuis les événements d'Elko, Mack était devenu imprévisible et Mélanie ne savait pas quelle réaction il aurait en l'apprenant. Il n'était plus le fils obéissant et facile à vivre de l'année précédente.

À peine installé à Manteo, il avait réclamé du matériel de musculation et une pièce pour s'entraîner. Avant, ses parents devaient toujours insister pour qu'il fasse du sport ; entre un livre et des haltères, son choix était fait. Désormais, il abordait ses séances d'entraînement avec une assiduité quasi religieuse – ne manquant jamais un jour, même s'il était malade. Il avait toujours été costaud pour son âge, mais, à présent, il rivalisait avec « Monsieur Muscles » comme disait Christine. Mélanie le reconnaissait à peine. Le changement était plus profond qu'une simple évolution physique. Avant, elle savait toujours à quoi s'en tenir avec lui, il se livrait facilement. Depuis leur nouveau déménagement, il se montrait beaucoup plus réservé, ne s'exprimant que si on lui posait une question précise, et encore, pas toujours.

Bien que le problème du logement de sa fille soit réglé, il restait encore beaucoup de choses à faire. Inscrire Christine à l'université, en licence de cinéma, option musique. Acheter une voiture d'occasion, pas trop chère, afin de faciliter ses allées et venues. Trouver un club de sport pour que Mack puisse continuer son entraînement. Sans oublier le dernier pensum : trouver un collège qui accepterait Mack, au cas où le procès se poursuivrait jusqu'à l'automne – ce qui, elle l'espérait, ne serait pas le cas. Le matin précédant son départ pour Manteo, Mélanie s'assit à la table de la cuisine. Ce petit déjeuner avec Christine était peut-être leur dernier repas en tête-à-tête avant longtemps. Hannah était sortie faire des courses – une occasion pour elles deux de parler plus ouvertement.

– Tu es sûre que ça ne t'ennuie pas que Mack vienne ? s'inquiéta Mélanie.

– Et tu voudrais l'envoyer où ? dit Christine. Ça ne m'ennuie pas du tout, on s'entend bien... dans l'ensemble ! Hannah pense que ce sera sympa. Elle a un petit frère de l'âge de Mack qui vit chez ses parents, dans l'Ohio, et il lui manque.

– Même si le procès dure plus longtemps que prévu ? demanda Mélanie. Il faudra que tu l'inscrives au collège, que tu t'occupes de ses devoirs, que tu fasses le taxi et le gendarme pour les horaires, les soirs de sortie...

Christine éclata de rire.

– Connaissant Mack, c'est plutôt lui qui m'obligera à rentrer tôt et à faire mes devoirs ! Ne t'inquiète pas. Hannah et moi, on réussira bien à s'en occuper. Et qui sait, il sera peut-être ravi !

– Espérons-le !

– Tu lui en as parlé ?

– Pas exactement, avoua Mélanie. Il sait qu'il vient ici, bien entendu, mais on ne lui a pas dit que son séjour serait peut-être prolongé. Hier soir, j'en ai discuté au téléphone avec ton père et il a promis de lui en parler aujourd'hui.

– Il ne va pas être content, dit Christine.

– Je sais... Ton père aimerait aussi, si je trouve une place d'avion, que je rentre demain à Manteo.

– Demain ? s'étonna Christine. Je croyais que le procès ne commençait pas avant deux semaines.

– C'est exact, dit Mélanie. Du moins, en ce qui concerne notre intervention. Mais l'un des avocats de l'accusation a appelé, ainsi que l'agent Pelton, pour dire qu'il nous faudrait sans doute descendre en Géorgie plus tôt pour participer aux audiences préliminaires. Ils veulent nous avoir sous la main au cas où. (Elle hésita.) C'est à toi de décider, mais je pense que plus vite Mack te rejoindra, mieux ce sera. Ça nous permettrait, à ton père et à moi, de nous préparer sans nous inquiéter pour lui.

— Quand ? demanda Christine.

— Je te le répète, c'est à toi de décider... Le plus simple serait qu'il puisse prendre un vol quittant Norfolk à l'heure où j'arrive. Ça nous éviterait un trajet de quatre ou cinq heures pour le conduire à l'aéroport. Mais s'il te faut plus de temps pour t'installer à Los Angeles, nous comprendrons très bien.

Christine réfléchit un instant.

— Qu'il vienne ! dit-elle. Papa et toi, vous ne devez vous préoccuper que d'une seule chose, qu'Alonzo Aznar soit mis en prison pour le restant de ses jours.

CHAPITRE 3

Finir sa vie sous les verrous ne faisait pas partie des projets d'Alonzo Aznar.

Depuis huit mois, il était incarcéré dans une prison fédérale à Atlanta. Comme prison, il y avait plus pénible. Et pourtant, il était impatient d'en sortir.

Ce n'était pas sa première expérience derrière les barreaux. Dans sa jeunesse, il avait été écroué en Colombie. Rien de commun avec la prison américaine. Ici, les détenus se considéraient comme des types dangereux, mais, comparés aux fauves qu'il avait côtoyés alors dans des cellules surpeuplées, c'étaient des agneaux.

En moins de deux jours, il avait pris la tête du bloc où se trouvait sa cellule, sans même faire appel à la violence. Il avait simplement utilisé sa fortune et sa puissance pour peser sur les deux détenus qui avaient une influence auprès des autres.

— Je n'exige qu'une seule chose, qu'on me fiche la paix! leur avait-il dit. Je ne veux pas d'emmerdes! J'ai un tas d'affaires à régler pendant mon séjour ici. Vous monterez la garde vingt-quatre heures sur vingt-quatre, sept jours sur sept. Vous ferez en sorte que personne ne me dérange.

— Et qu'est-ce qu'on y gagne?

— De l'argent, évidemment, dit Alonzo. Plus que vous ne pourrez jamais en voler.

— Et si on refuse?

Alonzo les toisa avec un sourire carnassier.

— Vous mourrez. Ainsi que tous vos proches...

D'une main experte, il poussa devant eux, à travers la table, deux listes. Une par détenu. Sur chacune s'alignaient les noms de leurs petites amies, épouses, parents, enfants, frères, sœurs...

Les deux hommes en restèrent tétanisés.

— Vous pouvez les garder, dit Alonzo. Les adresses sont bonnes. Peut-être souhaitez-vous prendre contact avec certaines de ces personnes?

L'arrangement avait bien fonctionné. En soudoyant les gardiens, il avait obtenu une cellule pour lui tout seul, une télévision et l'autorisation de conserver son ordinateur portable. Cet ordinateur était son lien avec le monde extérieur, le seul outil qui évitait à toute son organisation de s'écrouler. Il avait payé une fortune pour cette technologie de pointe. Tous les hommes-clefs de son organisation en possédaient un identique. L'ordinateur était équipé d'un programme crypté impossible à pirater. Lorsque le destinataire recevait un e-mail, il n'avait que quelques minutes pour répondre avant que le message et l'adresse de l'expéditeur ne soient détruits définitivement. De cette manière, le message ne laissait aucune trace et était impossible à retrouver.

* * *

Assis sur son lit, Alonzo rédigeait le dernier e-mail du matin quand un gardien apparut à la porte.

– Votre avocat est là.

Alonzo suivit le gardien le long du couloir, franchissant plusieurs portes verrouillées jusqu'au parloir. Vêtu d'un élégant costume trois-pièces, le corpulent Benjamin Bender était assis derrière la table, son attaché-case en croco ouvert devant lui.

Bender était à la tête d'un cabinet d'avocats extrêmement réputé, mais un seul client retenait toute son attention. Et ce client était précisément debout devant lui, en survêtement orange. Bender se leva et lui tendit une main potelée.

Alonzo l'ignora et s'assit.

– Vous avez pu repousser le procès ?

Bender fit non de la tête.

– J'ai encore besoin de temps, dit Alonzo.

– Je ne peux rien faire de plus. (L'avocat glissa un doigt dans le col empesé de sa chemise blanche.) Nous avons déjà de la chance d'avoir pu le retarder autant.

Alonzo en fut agacé mais pas surpris. Il s'y attendait.

– Et le journal d'Osborne ?

Bender hocha de nouveau la tête.

– Aucune trace. Je ne pense pas que l'accusation soit en sa possession.

C'était une meilleure nouvelle. Alonzo n'avait jamais eu l'occasion de voir ce journal – il avait été arrêté alors qu'il tentait de le récupérer –, mais apparemment, le texte décrivait, preuves à l'appui, tous les rouages de son puissant cartel. Si le Bureau fédéral des stupéfiants mettait la main dessus, ce serait la fin de son empire.

— Vous en êtes sûr ? susurra Alonzo.

— Parfaitement, répliqua Bender. L'accusation a l'obligation de divulguer les preuves qu'elle détient afin que nous puissions préparer notre défense. Elle n'a pas fait état de ce journal. S'il était en leur possession, nous le saurions.

— Pourquoi Neil le garderait-il ?

— Afin de conserver un moyen de pression sur le Bureau fédéral des stupéfiants, avança Bender. Rappelez-vous que Neil aussi était incarcéré. Ils l'ont libéré pour le laisser avec sa famille, ce qui est très inhabituel. En principe, ils auraient dû le maintenir en détention jusqu'à la fin du procès. Mais ce n'est pas ce journal qui me préoccupe. C'est surtout le témoignage de Neil au procès et les renseignements qu'il leur a déjà fournis. Son témoignage est la clef de voûte du dossier qu'ils possèdent contre vous. (Bender marqua un temps.) Il nous serait très utile qu'il le modifie.

— Malheureusement, rétorqua sèchement Alonzo, nous ignorons où il est pour en discuter avec lui. C'est en partie pour cette raison que j'ai encore besoin de temps.

— Je ne peux rien faire, se contenta de répéter l'avocat.

Alonzo lui adressa un regard glacial.

— Personnellement, je peux faire beaucoup de choses, même du fond de ma cellule, si cette affaire ne se résout pas à mon avantage. Je vous paie des sommes colossales depuis des années. C'est le moment de me prouver que vous méritez cet argent. Ne me laissez pas tomber !

Bender transpirait à grosses gouttes. Il savait qu'Alonzo le faisait surveiller et il soupçonnait que son bureau était tapissé de micros. S'il échouait, il n'y aurait pas de salut. Accepter de prendre Alonzo comme client avait été l'erreur de sa vie.

— J'ai d'autres nouvelles, articula-t-il, nerveux.

— Je vous écoute.

— Le procureur souhaite négocier un accord qui permettrait de revoir à la baisse les chefs d'inculpation.

— Poursuivez.

— Une peine de quinze ans. Avec possibilité de sortir dans cinq. Peut-être moins.

Dans cinq ans, l'organisation d'Alonzo serait démantelée. À vrai dire, s'il ne sortait pas dans les prochaines semaines, tout serait perdu.

— Vous ne me suggérez pas d'accepter...

— Non, bien sûr que non, répondit Bender sans conviction. Mais la loi m'oblige à vous en faire part.

— Eh bien, vous leur direz que je décline leur offre !

CHAPITRE 4

Lorsque Alonzo avait retrouvé les Granger à Elko, Neil Osborne était encore incarcéré.

Neil avait passé un accord avec l'agent Pelton du Bureau fédéral des stupéfiants : il acceptait de fournir tous les renseignements nécessaires pour inculper Alonzo à condition que les fédéraux soumettent sa famille au Dispositif de Protection des Témoins et assurent sa sécurité. Cet accord ne le sortait pas de prison. Ainsi que Neil l'avait dit à son fils : « C'est toujours facile d'avoir des regrets une fois qu'on a été arrêté. Je mérite la prison. Ce que j'ai fait est très grave. J'ai renié tout ce qui m'était cher et j'ai failli vous faire tuer. Je ne peux pas effacer mes actions passées, mais dès que vous serez en sécurité, je ferai tout mon possible pour détruire ce cartel. Je dirai tout ce que je sais aux fédéraux afin de pouvoir à nouveau me regarder en face. Parce que c'est la seule chose honnête qui me reste à faire. »

La donne avait changé lorsque Alonzo avait retrouvé sa famille à Elko. Neil avait alors menacé de rompre ses engagements si les fédéraux ne le laissaient pas lui-même assurer la protection des siens. Les autorités avaient accepté à contrecœur, tout en lui imposant des restrictions. Elles lui avaient retiré son passeport et sa licence de pilote, et donné un téléphone mobile spécial qu'il avait l'obligation de porter sur lui en permanence. Ce téléphone recelait une puce raccordée à un ordinateur : elle permettait de le suivre à la trace partout où il allait, à chaque instant de la journée. Si l'endroit où se trouvait Neil, ou celui vers lequel il se rendait, paraissait suspect, l'appareil sonnait chez Doris ou chez Don. Aussitôt un des deux l'appelait pour savoir ce qu'il manigançait. Si Neil ne répondait pas ou si la réponse ne leur semblait pas satisfaisante, un mandat d'arrêt serait immédiatement délivré et il retournerait sur-le-champ en prison.

L'ordinateur appelait aussi le téléphone mobile plusieurs fois par jour. Quand Neil décrochait, il lui transmettait une liste de mots à répéter. Si l'ordinateur ne reconnaissait pas sa voix, une alarme se déclenchait. Ces appels avaient lieu à n'importe quelle heure du jour ou de la nuit, mais Neil estimait que c'était un faible prix à payer pour avoir le droit d'être avec sa famille.

Les fédéraux avaient trouvé pour les Greene une maison de plain-pied en brique avec trois chambres, dans une petite rue tranquille aux environs de Manteo. C'était toujours mieux que la bicoque en bois d'allumettes dans laquelle les Granger s'étaient entassés à Elko. Le premier geste du père de Mack avait été d'y installer un système d'alarme sophistiqué. Le deuxième, de cacher un couteau, un revolver ou un fusil dans chaque pièce, y compris dans les deux salles de bains. Dans leur ancienne vie, Mélanie Greene n'aurait jamais accepté aucune arme d'aucune sorte dans leur maison. Entretemps les choses avaient changé. Elle n'avait pas opposé la moindre protestation, et, plusieurs week-end de suite, elle avait accompagné son mari et son fils au-delà du pont qui reliait Roanoke Island à la côte, jusqu'au refuge de la rivière des Crocodiles, pour suivre « leur entraînement au combat à l'arme légère », selon l'expression de son mari.

À l'occasion d'une de ces sorties, Mack avait découvert que son père avait été dans les commandos d'élite de la marine avant de devenir pilote. Ces forces spéciales conduisaient des missions classées « secret défense » sur terre, dans les airs et sur mer. Leurs missions comprenaient reconnaissance du terrain, opérations secrètes et luttes anti-guérilla non-conventionnelles. Très peu de gens étaient sélectionnés pour suivre ces entraînements et un nombre plus restreint encore entrait dans les commandos des forces spéciales. Le père de Mack était non seulement devenu un soldat d'élite, mais il avait même été promu officier. C'est tout ce que son père avait accepté de lui dire sur cette période.

« Le reste est classé "secret défense". L'essentiel pour toi est de savoir que si les hommes d'Alonzo nous retrouvent, je suis largement en mesure de les affronter. » Dès que la maison avait été sécurisée, et Mack et Christine inscrits dans un établissement scolaire, leur père s'était remis au travail. Le Dispositif de Protection des Témoins n'était pas un « séjour tous frais payés ». Neil était censé travailler, comme tout un chacun. Cet aspect du dispositif servait aussi de couverture. Rien n'aurait plus attiré la curiosité qu'une famille dont les parents n'auraient aucun revenu officiel.

Cependant, les choix du père de Mack étaient limités. Robert Greene avait bien essayé de convaincre Doris et Don de lui rendre sa licence de pilote afin qu'il puisse donner des cours de pilotage à l'aéroclub local. « On risquerait un vol ! » avait répliqué Don. La seule plaisanterie que Mack lui avait entendu faire.

Avec le procès qui devait avoir lieu incessamment, Neil ne pouvait pas être astreint à des horaires fixes du style neuf heures-dix-huit heures ; aussi avait-il décidé de tenter sa chance comme entrepreneur de bâtiments. Il avait toujours été doué pour les travaux manuels et il en savait suffisamment en matière de construction, de plomberie et d'électricité pour s'en sortir. Les fédéraux lui avaient fourni un permis, acheté une camionnette et quelques outils : l'entreprise Greene était née.

La mère de Mack aussi voulait travailler, mais elle avait décidé de repousser l'échéance jusqu'à ce que Christine soit installée à Los Angeles. Autrefois, elle avait été agent immobilier et elle songeait à demander le renouvellement de sa licence. Son mari se réjouissait à l'idée qu'ils s'associent : elle achèterait des maisons en ruine qu'il retaperait pour les louer ou les revendre. Cette perspective plaisait bien à Mélanie, mais elle n'arrivait pas à sauter le pas. Depuis qu'ils étaient devenus les Greene, les rapports entre elle et son mari s'amélioraient, mais leur couple était loin d'être aussi solide que dans le passé, avant l'arrestation de Neil. Celui-ci se sentait visiblement coupable d'avoir trahi la confiance de sa femme, pourtant leurs deux enfants espéraient qu'ils finiraient par se réconcilier.

Mack était plongé dans ses pensées, quand il entendit la camionnette de son père. Quelques secondes plus tard, Neil apparut sur le seuil, l'air un peu fatigué.

Chaque jour, Mack était frappé de voir combien son père avait changé depuis son arrestation. Avant, il avait une épaisse tignasse brune, plutôt longue. À présent, il portait les cheveux court et les mèches grises avaient gagné du terrain. Il n'avait jamais été bien gros, mais maintenant il était vraiment mince, ce qui lui donnait un air tourmenté. Il n'avait pas perdu la forme – pas du tout –, il avait juste une allure différente. Depuis sa sortie de prison, il s'était mis à courir tous les matins, parcourant plusieurs kilomètres, parfois même matin et soir, comme si son corps avait un besoin insatiable de grand air.

Mais le changement n'était pas uniquement physique. Son père était un homme gai. Il adorait rire, même à ses propres dépens. Plus maintenant. Mack supposait que son arrestation aux commandes d'un avion bourré de stupéfiants et le souci constant de leur sécurité avaient littéralement dévoré son sens de l'humour.

– Tu as faim ? demanda son père.
– Une faim de loup !
– Qu'est-ce que tu as fait aujourd'hui ?
– Un peu de lecture, un peu de gym.
– Quand est-ce que tu viendras courir avec moi ?

Le regard de Mack se perdit dans le vide. À l'âge de neuf ans, il était tombé par la fenêtre de sa chambre, se brisant les deux jambes. À l'époque, les médecins avaient déclaré qu'il risquait de ne plus marcher ou que s'il remarchait, il boiterait. Son père n'avait pas accepté ce diagnostic. Il avait obligé Mack à faire de la musculation jusqu'à ce qu'il retrouve l'usage de ses jambes. Il ne boitait pas, mais courir était une vraie souffrance à cause des broches.

– Je prends une douche, dit son père. Et on y va !

* * *

Leur restaurant favori, La Marmite de Crabes, se trouvait au Trépas du Diable, une station balnéaire située sur la rive est de la péninsule.

L'endroit était comble quand ils arrivèrent et l'hôtesse leur annonça qu'elle n'aurait pas de table avant trois quarts d'heure. En attendant, ils allèrent s'asseoir à un endroit d'où on apercevait les collines du Trépas du Diable – là où

Wilbur et Orville Wright avaient piloté un engin volant pour la première fois [1]. Mack demanda à son père si piloter lui manquait.

Il contempla les collines un moment.

— Chaque fois qu'un avion passe au-dessus de ma tête.

— Tu crois qu'on te rendra ta licence ?

— Un jour, peut-être. Je l'espère. Sinon, ce ne sera pas la fin du monde. Ce que je fais aujourd'hui me donne toute satisfaction. C'est un boulot honnête.

C'était pourtant vrai qu'il semblait heureux. Mack fut presque tenté de ne pas briser cette bonne humeur par les questions qui lui trottaient dans la tête depuis le début de la matinée. L'ennui, c'est que dans un autre contexte son père ne répondrait jamais à ses questions.

— Doris a téléphoné aujourd'hui, dit Mack.

— Sur la ligne directe ?

Mack fit « oui » de la tête.

Son père tapota son téléphone portable pour s'assurer qu'il fonctionnait normalement.

— Elle appelait pour savoir ce que je faisais, moi. Pas toi.

Neil parut soulagé.

— Vous avez parlé de quoi ?

— Du procès d'Alonzo.

---

[1]. Les frères Wilbur (1867-1912) et Orville (1871-1948) Wright, pionniers américains de l'aviation, accomplirent leur premier vol en 1903. (N.d.T.)

— Elle n'a aucune raison d'en parler avec toi !
Il sortit son téléphone portable de sa poche et l'ouvrit.
— Attends ! s'écria Mack. C'est ma faute. Je l'ai piégée.
Son père le fixa droit dans les yeux.
— Comment ça, tu l'as piégée ?
Mack évoqua les traits rouges tracés sur le calendrier, il expliqua qu'il avait feint d'en savoir plus qu'il n'en savait. Neil referma son téléphone, le rangea dans sa poche, puis laissant son regard dériver vers le paysage, il sombra dans un silence de plomb. Quand il reposa les yeux sur son fils, il s'était un peu calmé, mais Mack se rendit bien compte qu'il était encore agacé.
— Qu'est-ce que Doris t'a dit ?
— Que le procès risquait de s'étaler sur une longue période.
Son père acquiesça.
— Alonzo et son avocat vont se battre pied à pied. Tout ce qu'ils possèdent est en jeu dans ce procès.
— Et on habitera où pendant ce temps ?
Le procès devait se dérouler à Atlanta[1]. Neil sembla un peu pris de court.
— Tu ne viens pas au procès, répondit-il.

1. Capitale de l'État de Géorgie, située à l'ouest de l'État de Caroline du Nord. (N.d.T.)

— Qu'est-ce que tu racontes ?
— Tu n'as aucune raison d'y assister.
— Tu plaisantes ? Qui d'autre va témoigner sur ce qui est arrivé à Elko ? C'est moi qu'Alonzo voulait kidnapper.
— Ces inculpations ont été levées, dit son père.
— Quoi ? s'exclama Mack un peu trop bruyamment.

Quelques personnes se retournèrent pour le dévisager.

— Les fédéraux ont fait pression pour que cet incident soit oublié. Ça les mettait dans une position embarrassante que des truands aient retrouvé une personne placée sous la surveillance de leur Dispositif de Protection des Témoins.
— C'était entièrement ma faute, insista Mack.
— On en a déjà discuté des douzaines de fois. Alonzo savait que tu étais à Elko. C'est pourquoi on doit continuer à être très prudents. Même sous les verrous, je peux t'affirmer qu'il a lancé ses hommes à notre recherche.

Mack resta silencieux un moment, à digérer cette information. Il avait ardemment espéré témoigner contre Alonzo. Mais il était surtout déçu parce que ne pas assister au procès signifiait qu'il ne verrait pas Cataline. Il avait toujours pensé qu'elle serait aussi appelée à témoigner et qu'il aurait une chance de lui parler.

— Et Sam Sebesta ? demanda-t-il. Ça m'étonnerait qu'il ait peur d'Alonzo.

— Tu as raison sur ce point. Je pense que ce type n'a peur de personne.

Ce fut à son tour d'être dérouté. Son père parlait de Sam comme s'il le connaissait. Pourtant, Neil était encore en prison quand sa famille habitait Elko.

— Comment tu le sais ?

— Il est venu me voir en prison.

— Pour te rendre le journal ?

— Pas exactement. La veille de ma sortie de prison, on m'a conduit au parloir. Sam m'y attendait. Je croyais qu'il s'agissait d'un flic de plus. Chaque jour, une personne différente se présentait pour m'interroger. J'ai failli tomber de mon siège en l'entendant me dire qu'il était le concierge de ton collège. J'ignore comment il a pu arriver jusqu'à moi, mais on l'avait laissé entrer sans difficulté... tout seul... C'était très inhabituel. D'habitude, le personnel pénitentiaire était très strict vis-à-vis des gens qui me rendaient visite. Tout le monde était accompagné par des gardiens à l'exception de l'agent Pelton et de ton copain Sam.

— C'est un ancien espion russe.

Il ne l'avait jamais dit à personne, mais son père n'eut pas du tout l'air étonné.

— Ex-colonel du KGB, ajouta-t-il. Mais il doit y avoir plus. Pour obtenir l'autorisation de venir me voir, avec ou sans gardien, c'est qu'il connaît des gens extrêmement haut placés au sein du gouvernement.

Il regarda Mack un moment avant d'ajouter :

— Sam m'a raconté ce qui s'était passé à Elko. Plutôt impressionnant.

— Je n'ai fait que suivre ses ordres. C'est lui qui a mis au point le piège.

Son père sourit.

— Il m'a dit que tu avais du cran, que tu avais gardé ton sang-froid bien qu'Alonzo et ses hommes soient armés. Peu d'enfants – peu d'adultes – auraient réussi à se maîtriser dans une situation de ce genre.

Mack se rappela la trouille qu'il avait ressentie à ce moment-là. Si Sam n'avait pas été avec lui, il aurait sans doute paniqué à la vue des revolvers.

— Sam m'a aussi raconté, poursuivit son père, qu'il y avait trois autres familles sous la surveillance du Dispositif de Protection des Témoins dans son collège.

— Tu plaisantes...

Neil agita la tête.

— Quand les fédéraux trouvent une région qui offre des garanties, ils prennent l'habitude d'y placer plus d'une famille.

— La directrice n'était même pas au courant, dit Mack. Enfin, je crois. Est-ce que Sam travaille pour les services fédéraux ?

— Pas officiellement, mais les policiers lui ont demandé de surveiller leurs témoins. Ça paraît insensé, mais c'est ainsi.

— « Unaï » ! s'exclama Mack. Le surnom de Sam. Ça signifie berger en basque. Bénat, le grand-père de Cat, disait que les élèves du collège c'était le troupeau de Sam, qu'il nous protégeait.

— En tout cas, il a fait un meilleur boulot que les fédéraux, commenta son père.

— Et le journal, qu'est-ce qu'il est devenu ? demanda Mack.

— Sam l'a déposé dans le coffre d'une banque située en face du tribunal où l'affaire sera jugée. Il m'a donné une clef et il en a gardé une autre pour lui. Tu l'as lu ?

— Quelques pages, reconnut timidement Mack. (Son père lui avait demandé de ne pas le faire.) Juste assez pour comprendre de quoi il s'agissait.

— Ce n'est pas grave. Mon intention était de le remettre à l'agent Pelton dès que j'aurais la preuve que vous étiez en sécurité. Mais tu connais la suite...

— Alonzo nous a retrouvés.

— Exact ! Ils n'ont même pas été fichus de vous protéger. Sam m'a suggéré de le conserver pour le moment. Il dit que c'est ma seule arme contre Alonzo et que je ne dois m'en défaire qu'en dernier ressort. Jusqu'ici, j'ai réussi à me débrouiller autrement. Je verrai bien comment le procès évolue. S'il le faut, je traverserai la rue et j'irai à cette banque le récupérer.

— Je veux assister au procès, dit Mack. Même si je ne dois pas témoigner.

Son père agita la tête.

— Ta mère et moi avons déjà pris notre décision. Tu n'y vas pas. Le procès peut durer des semaines, voire des mois. Nous allons être enfermés sous bonne garde dans une chambre d'hôtel. Tu ne pourrais même pas sortir te dégourdir les jambes. Pour la première fois depuis huit mois, Alonzo et ses hommes sauront exactement où nous sommes. Nous serons vulnérables. À découvert. Il est hors de question qu'on vous mette dans cette situation, Christine et toi. C'est déjà bien suffisant d'avoir à exposer ta mère. Fin de la discussion.

Dans la famille de Mack quand on disait « fin de la discution », il était inutile d'insister. Ces quatre mots accompagnés d'un regard sévère signifiaient clairement que son père n'avait aucune intention de parlementer.

— Et j'irai où pendant que vous serez, maman et toi, à Atlanta ?

— À Los Angeles, avec Christine.

— Combien de temps ?

— Durant toute la durée du procès. Si le procès se prolonge jusqu'à l'automne, tu attaqueras l'année scolaire là-bas. Je te promets que tu reviendras à Manteo dès que possible. Je suis désolé, mais on n'a pas d'autre choix.

Mack aurait pu citer un tas d'autres endroits où il aurait préféré aller plutôt qu'à Los Angeles avec Christine.

Pourtant, son père avait raison, les choix étaient restreints.

— Tu auras ta propre chambre, continua son père. Il y a aussi un club de sport où tu pourras t'entraîner dans la rue de Christine.

— Christine était au courant avant de partir là-bas ?

Sa mère parlait toujours plus à sa sœur qu'à lui. Du moins, c'était son impression.

— Non. Elle lui a appris la nouvelle ce matin.

— Et elle l'a pris comment ?

Sa sœur et lui avaient une relation mêlée d'amour et de haine ; ils ne s'entendaient pas toujours très bien. Mack se doutait bien que la nouvelle n'avait pas dû lui plaire non plus.

– Elle est aux anges.

« C'est ça... »

– Je pars quand ?

– Ta mère rentre demain. Nous irons à Norfolk la chercher et tu prendras un vol pour Los Angeles.

2ᴱ JOUR
LE DÉPART

CHAPITRE 5

Christine écoutait patiemment la longue liste de recommandations que sa mère lui avait déjà récitée une douzaine de fois au cours des dernières vingt-quatre heures. Elles roulaient vers l'aéroport où Mélanie Greene prenait le vol de cinq heures trente du matin pour Norfolk.

– Tu as mon numéro de portable et celui de ton père, disait-elle. Et nous avons le tien. Tu nous téléphoneras, au moins une fois par jour. J'insiste. Je sais que c'est la barbe, mais si tu ne nous appelles pas, on se fera un sang d'encre. Si on est au Palais de justice, on ne pourra pas te répondre, mais laisse-nous un message, qu'on sache que tout va bien...

Tout en conduisant, Christine laissait vagabonder son esprit, surprise que la circulation sur l'autoroute soit aussi dense un samedi matin à l'aube.

– ... l'abonnement que j'ai pris au club de sport est un abonnement familial, continuait sa mère. Mack et toi, vous pourrez y aller ensemble, si vous voulez.

Christine lui jeta un bref coup d'œil. Son petit frère n'aurait certainement aucune envie de faire du sport avec elle. Et elle non plus d'ailleurs.

– Ça ne peut pas vous faire de mal, ajouta sa mère surprenant son regard. Mack traverse une période difficile en ce moment.

« En ce moment ! Mack/Zack/Jack traverse une période difficile depuis qu'il est né, si tu veux mon avis ! songea Christine. Et ça n'a rien à voir avec le Dispositif de Protection des Témoins. Il était déjà bizarre avant cette histoire. »

– Contrairement à toi, poursuivit sa mère, il n'a pas choisi de venir à Los Angeles. C'est nous qui l'y obligeons.

Christine se mit à rire.

– Plutôt que d'être enfermé dans une chambre d'hôtel avec papa et toi comme camarades de jeu. Tu parles d'une punition ! Au bout de deux jours, il vous aurait suppliés de le laisser venir ici. T'inquiète pas. Il sera très bien. Et moi aussi. Votre seule préoccupation maintenant, c'est Alonzo Aznar.

Alonzo Aznar. L'évocation de ce nom l'angoissait toujours autant. À l'inverse de son frère et de son père, Christine ne l'avait jamais vu. Il n'était pour elle qu'un visage masqué avec une voix doucereuse et un revolver.

– Tu as raison, dit sa mère. Je me fais sûrement trop de souci. Attention, voilà la sortie de l'aéroport.

Christine s'engagea sur la bretelle.

– C'était quoi le rendez-vous d'Hannah hier soir ? demanda Mélanie pour changer de sujet.

– Une audition collective. Pour éviter aux agents d'en organiser plusieurs, tout le monde se présente le même jour. Mais si tu ne fais pas la queue dès la veille, toutes les places risquent d'être prises avant même le début des auditions.

– Alors tout le monde dort sur place ?

– On apporte des sacs de couchage, de quoi manger, et on fait la fête.

– Et elle auditionne pour quel spectacle ?

– Une émission de télé...

En réalité, Christine en savait plus long sur cette audition qu'elle ne l'avouait. La veille, Hannah avait insisté pour qu'elle vienne aussi.

Mais elle ne se sentait pas prête à affronter ce genre d'événement. Inutile d'inquiéter sa mère en lui en parlant.

Christine arrêta la voiture le long du trottoir devant l'aérogare.

– Tu m'accompagnes ? Il reste un peu de temps avant le départ du vol.

– Je crois que je ferais mieux de filer avant que la circulation n'empire.

– Tu as sans doute raison.

Mélanie descendit de voiture et Christine alla lui ouvrir le coffre pour l'aider à sortir sa valise.

– Je t'appellerai, promit Christine en embrassant sa mère.

– Tu as l'heure d'arrivée du vol de Mack ?

– Oui, maman.

– Je t'aime, ma chérie, dit Mélanie, les larmes aux yeux.

– Moi aussi, maman.

Christine regarda sa mère s'éloigner entre les portes coulissantes de l'aérogare, puis elle remonta dans sa voiture et démarra.

Durant le trajet du retour, elle se surprit à penser à son père – ce qui lui arrivait fréquemment ces derniers temps. Il lui manquait et elle espérait que le procès l'aiderait à effacer le lourd sentiment de culpabilité qu'il éprouvait à leur égard. Sa rêverie fut interrompue par la sonnerie de son téléphone portable. Elle décrocha, pensant que c'était sa mère.

— Où es-tu ? demanda Hannah.
— Je rentre de l'aéroport, répondit Christine. Comment ça se passe ?
— On a fait une teuf d'enfer hier soir ! On n'a pas beaucoup dormi et on meurt de faim. Je t'ai gardé une place, mais en échange tu nous apportes des muffins, du jus d'orange, deux douzaines de croissants et du café – des litres de café !
— Je sais pas trop... Je me suis levée à l'aube pour accompagner ma mère à l'aéroport et je suis crevée.
— On traîne sur le bitume depuis hier et c'est toi qui es crevée ! Franchement, Christine, faut que tu viennes. Bientôt, tu te présenteras à des douzaines d'auditions de ce genre. (Elle éclata de rire.) Enfin, pas vraiment de ce genre... Bon, bref ! ce sera une expérience fantastique. Allez, amène-toi ! Mais surtout apporte-nous à manger. *Stoplaaaît !*
— Tu es à quelle hauteur de la queue ?
— Dans les centièmes. On va entrer, c'est sûr et certain. Il y a des kilomètres de gens derrière nous. Hier soir, ils ont distribué des numéros, j'ai réussi à en récupérer un pour toi. Un instant ! (Christine entendit un froissement de papier, puis à nouveau la voix d'Hannah.) Il y a écrit : « Christine Greene, numéro 123 ». Au pire, tu le colleras dans ton dossier de presse !

Christine soupira. Du temps où elle s'appelait Jeanne Osborne, elle avait un épais classeur dans lequel elle rangeait les coupures de presse, les programmes et même quelques critiques. C'était si loin. Une autre vie. À Elko, elle en avait commencé un nouveau, sous le nom de Wanda Granger, mais, comme le précédent, elle avait dû le jeter lorsqu'elle était devenue Christine Greene. On ne pouvait pas conserver des souvenirs de son ancienne vie.

— D'accord, j'arrive, dit-elle. Mais seulement si les gens de derrière ne râlent pas en disant que je m'incruste ! Hannah éclata de rire encore une fois.

— Et pourquoi crois-tu que je te demande des muffins et des croissants ! T'inquiète, tout est prévu, sœurette !

Christine sourit. Elle avait toujours désiré une grande sœur. Il semblait que son vœu s'accomplissait enfin. Elle raccrocha et jeta un œil sur ses vêtements. Elle était en jean. Si seulement elle avait eu l'idée de s'habiller un peu avant de partir ! Tant pis, elle n'avait pas le temps de repasser chez elle se changer. Ils devraient l'accepter telle quelle !

Il lui fallut plus d'une heure pour faire les courses et arriver au « Bol Rose » à Pasadena[1]

---

[1]. Ville voisine de Los Angeles.

où se passait l'audition. Elle tourna un long moment avant de trouver une place pour sa voiture et, un gros sac de provisions dans chaque bras, elle partit en direction de la file d'attente qui longeait le stade. Des gens chantaient, d'autres se maquillaient, certains dansaient ou jonglaient. Elle aperçut même un cracheur de feu – une drôle de façon de préparer sa voix. Tout cela ressemblait plus à une foule venue auditionner pour des numéros de cirque que pour une émission musicale de télévision, et elle finit par se demander si elle ne s'était pas trompée d'endroit.

Dans les premiers rangs, le nombre grandissant de sacs de couchage, de matelas pneumatiques et de Camping-Gaz témoignait de ceux qui avaient dormi sur place. Malgré le vacarme et le soleil qui se levait, certains dormaient toujours, ou tout au moins, essayaient.

– Numéro 123! cria Hannah en lui faisant signe. Notre sauveuse!

Elle tendit le ticket à Christine en échange des provisions, qui furent immédiatement dévalisées au milieu des applaudissements et des rires.

Un bloc-notes dans les mains, une fille remontait la file en réclamant les dossiers.

– Dernier appel! Si les dossiers sont incomplets ou non signés, vous n'entrez pas.

— Quels dossiers ? demanda Christine.

— Oh !!! (Hannah fouilla dans son sac à dos et en ressortit une enveloppe en papier brun portant le numéro 123 soigneusement imprimé.) Le formulaire traditionnel pour dégager leur responsabilité, le droit de te filmer, l'utilisation de ton image, etc., etc., etc., bref, le baratin habituel.

Christine sortit de l'enveloppe l'épaisse liasse de papiers et commença à lire.

— Dernier appel ! répéta la fille.

— Grouille ! dit Hannah, lui collant la dernière page dans les mains. Contente-toi de noircir les cases. Nom, adresse, date de naissance, numéro de téléphone, personne à joindre en cas d'urgence...

Christine gribouilla les renseignements en vitesse. À peine avait-elle terminé que la fille au bloc-notes récupérait le papier et lui précisait qu'elle devait montrer une pièce d'identité au moment d'entrer.

Un peu abasourdie, Christine se tourna vers Hannah.

— Tu sais comment ça se déroule, toi ?

— Pas vraiment, répondit Hannah. Mais j'ai discuté avec plein de gens qui ont déjà passé ce type d'audition. D'après ce que j'ai compris, on passe devant différents jurys de producteurs.

Soit ils te sélectionnent pour l'étape suivante, soit ils te renvoient dans tes pénates. Si tu franchis toutes les étapes d'ici ce soir, tu as une chance d'être sélectionné pour les demi-finales. Ensuite, ils ne choisissent que douze des demi-finalistes pour participer à l'émission.

— À ton avis, ça va durer combien de temps ? Je dois retourner à l'aéroport pour chercher mon petit frère, ce soir.

Hannah éclata de rire.

— T'inquiète pas ! On sera sûrement éliminées d'ici midi !

CHAPITRE 6

Mack avait du mal à départager ce qu'il voulait emporter et ce qu'il voulait laisser.
 Il était aussi un peu nerveux à l'idée d'aller habiter chez sa sœur. Il était convaincu qu'elle avait supporté les moments éprouvants de l'année précédente poussée par la pensée qu'une fois à Los Angeles, elle laisserait toutes ces difficultés derrière elle. Son arrivée allait tout raviver et il s'inquiétait des réactions de Christine. L'humeur de sa sœur variait d'un extrême à l'autre – bonheur intense ou chagrin profond – et, a priori, il n'y avait pas d'état intermédiaire.
 Robert Greene entra dans la chambre de son fils pour vérifier où il en était de ses bagages

et il le trouva assis sur son sac, essayant de le fermer.

— La règle d'or, déclara-t-il. Si tu dois t'asseoir sur une valise pour la fermer, c'est qu'elle pèse plus de vingt-cinq kilos.

— Je pense que c'est bon.

— On va voir.

Son père disparut et revint un instant plus tard avec la balance de la salle de bains. Le sac pesait trente kilos.

Conclusion : Mack devait sacrifier plusieurs choses qu'il avait vraiment envie d'emporter.

* * *

À mi-chemin, sur la route de Norfolk, le portable de Robert sonna. Il répéta les mots dictés par l'ordinateur, raccrocha, et garda le téléphone dans la main, sachant qu'un deuxième appel allait suivre.

— L'ordinateur n'aime pas que je m'éloigne à plus de cinquante kilomètres de la maison. Dans dix minutes, Doris ou Don vont appeler pour savoir ce que je fais.

Six minutes plus tard, Doris appelait.

Robert l'écouta patiemment avant de lui expliquer ce qu'il faisait et où il allait.

— Je ne devrais pas rester là-bas plus de deux heures. Le vol de Mack décolle quelques minutes après l'arrivée du vol de Mélanie... D'accord, je le lui dirai.

Il raccrocha.

— Tu as le bonjour de Doris.

L'avion de Mack avait une demi-heure de retard et celui de sa mère un peu d'avance. Pour tuer le temps, ils allèrent au restaurant de l'aéroport. Elle leur décrivit la maison de Christine, sa colocataire, le club de sport...

Son récit fut brusquement interrompu par une voix surgie du passé.

Ils faillirent tous les trois tomber à la renverse en voyant Chuck Smith, dit Smitty, un vieil ami de la famille Osborne, se frayer un chemin à travers les tables, un grand sourire aux lèvres.

— Nom d'un chien ! dit Smitty. Je croyais que vous aviez été enlevés par des extraterrestres !

Le père de Mack fut le premier à reprendre ses esprits. Il serra la main de Smitty tout en s'efforçant de dissimuler sa surprise derrière une sorte de grimace qui voulait passer pour un sourire. La mère de Mack se leva ensuite. Smitty referma ses deux bras autour d'elle, la soulevant du sol. Mack, lui, resta assis sur sa chaise, ce qui ne freina nullement l'élan de Smitty. Celui-ci s'approcha de lui, le saisit par les épaules et le gratifia d'une accolade à lui briser les os.

— C'est pas possible, le p'tit Jack ! La dernière fois que je t'ai vu, tu étais à l'hôpital, les deux jambes cassées. Cet accident ne t'a pas empêché de grandir, on dirait !

« Le p'tit Jack. » Ce surnom dessina un sourire sur les lèvres de Mack. Personne ne l'avait appelé ainsi depuis plus d'un an.

Smitty était pilote à la Compagnie fédérale express, mais avant il avait été dans la marine avec son père. Mack se demanda si ça ne cachait pas autre chose. Smitty avait toujours été très sportif et, visiblement, il tenait encore une sacrée forme. Avait-il appartenu, lui aussi, aux commandos d'élite de la marine, comme son père ?

Smitty attira une chaise à lui et s'assit.

— Ça fait plus d'un an que je vous cherche. J'ai appelé chez vous. La ligne est coupée. J'ai appelé ta boîte de transport. Pareil. Qu'est-ce qui se passe ?

— On a déménagé, dit son père.

— Ça je m'en doutais ! (Smitty éclata de rire.) Mais où ?

— À Kansas City.

— Et ta boîte ?

Son père haussa les épaules.

— Ça n'a pas donné grand-chose. Pas assez de boulot pour les petits gars comme moi !

— Je veux bien te croire ! s'exclama Smitty. Mais tu sais, les grosses compagnies comme les nôtres ne s'en tirent pas tellement mieux. À dire vrai, je commence à en avoir ma claque de promener des caisses et des cartons ! C'est un peu affligeant quand on réfléchit à ce qu'on a été. Et toi, tu fais quoi à Kansas City ?

— Un peu de tout. École de pilotage, consultant, baptême aérien pour types friqués.

Force était d'admettre que Robert était plutôt convaincant. Et c'était préférable parce que Mélanie, encore sous le choc, restait muette, un sourire niais accroché aux lèvres.

— Et qu'est-ce qui vous amène à Norfolk ? demanda Smitty.

— Les vacances, répondit Robert. Des amis ont une petite villa au bord de la mer, à Hilton Head.

Son portable sonna. Il se jeta sur sa ceinture comme s'il s'était agi d'un revolver à six coups. Le portant contre son oreille, il prit conscience de son erreur. L'ordinateur égrenait une liste de mots qu'il ne pouvait évidemment pas répéter en présence de Smitty.

— Excuse-moi, fit-il avant de s'éloigner de quelques pas.

Smitty le dévisagea avec curiosité, puis se tourna vers Mélanie.

— Vous arrivez ou vous partez ?

— Comment ? répondit-elle, encore sous le choc.

Smitty désigna le sac à dos de Mack et le bagage de Mélanie.

— Vous allez à Hilton Head ou vous retournez à Kansas City ?

Elle se contenta de le fixer droit dans les yeux, incapable de répondre.

Mack vola à son secours.

— Ni l'un ni l'autre.

Sa mère le fusilla du regard. Il s'en moqua. Si elle hésitait plus longtemps, Smitty finirait par s'en apercevoir et il comprendrait qu'il y avait anguille sous roche.

— On est ici depuis une semaine, continua Mack. Mais je dois abréger mon séjour. Je vais à Los Angeles retrouver un de mes copains et ses parents pour aller à Disneyland.

— Sympa ! dit Smitty.

Robert Greene les rejoignit mais ne se rassit pas. Mélanie Greene se leva.

— C'est l'heure d'embarquer, Jack, dit-elle. Si tu ne veux pas rater Mickey.

Robert Greene posa sur sa femme un regard déconcerté.

— Mais j'y pense ! s'exclama Smitty. Il manque une Osborne. Où est Jeanne ?

— À Kansas City, répondit Mélanie, entrant enfin dans le jeu. Elle travaille. Elle essaie de gagner un peu d'argent de poche pour l'université.

— L'université ? fit Smitty. Comme le temps passe...

Un silence gêné suivit et, à en croire l'expression de Smitty, il était assez clair que leur petit scénario ne l'avait pas entièrement convaincu.

— Vous êtes sûrs que tout va bien ?

— Parfaitement bien, affirma Robert Greene.

Smitty le dévisagea un long moment de ses yeux gris avant de consulter sa montre.

— Bon, je ferais bien de filer moi aussi. (Il sortit une carte de visite de sa poche et la tendit à Robert.) Donne-moi ton numéro de téléphone. Il m'arrive de passer par Kansas City. (Il tendit une autre carte à Mélanie.) Au cas où il oublierait de m'appeler...

Mack regarda son père noter un numéro, sans doute précédé d'un mauvais code.

— Je vous appelle, promit Smitty en les embrassant une dernière fois.

Robert le regarda s'éloigner.

— Pas très convaincant, tout ça...

— Tu veux dire, Disneyland ? demanda sa femme, en fixant Mack.

— J'ai fait de mon mieux, vu l'urgence !

— Mais de quoi vous parlez, tous les deux ?

— Je t'expliquerai en rentrant à la maison, répondit-elle. Si Mack ne se dépêche pas, il va finir par rater son avion. Il doit encore passer les contrôles de sécurité.

— C'est vrai, fit son père. Les broches...

Mack hocha la tête. Même en franchissant le détecteur de métal nu comme un ver, il déclencherait encore l'alarme — alors forcément ça prenait du temps.

— Tu as ton portable ? demanda sa mère.

— Ouais.

— Appelle-nous quand tu arriveras en salle de transit à Chicago.

— D'accord !

— Et tâche de faire un effort avec ta sœur. Elle se réjouit vraiment de ta venue.

«Tu parles !» pensa Mack en pénétrant dans la zone des contrôles de sécurité.

CHAPITRE 7

— Tu es prise ! hurla Hannah en trépignant de joie. J'arrive pas à le croire !

Christine non plus, d'ailleurs. Tout au long de cette journée harassante, les concurrents avaient été éliminés les uns après les autres jusqu'à ce que le stade soit pratiquement vide. Hannah avait franchi les trois premiers tours. Une de leurs copines était parvenue jusqu'au quatrième. À chaque audition, Christine pensait que c'était la dernière. Plus de neuf mille personnes avaient tenté leur chance ; à présent, il ne restait plus que quarante-deux candidats. Il ne s'agissait plus d'une plaisanterie ; elle avait une réelle chance de participer à la demi-finale et peut-être même celle d'être au nombre des douze finalistes.

Une productrice venait d'annoncer que les quarante-deux candidats seraient conduits en car à l'hôtel Beverley Hills pour les demi-finales.

— Je sais que vous êtes tous épuisés et affamés, dit la productrice. Mais vous avez réussi à arriver jusqu'à cet échelon, alors accrochez-vous ! À votre arrivée à l'hôtel, on vous servira un repas, vous aurez peut-être même le loisir de dormir un peu parce qu'il faudra encore pas mal de temps pour auditionner tout le monde.

— Et nos voitures ? demanda quelqu'un.

— Une navette vous ramènera ici, après, répondit-elle. À moins qu'un de vos camarades puisse conduire votre voiture jusqu'au Beverley Hills.

— Ça durera combien de temps ?

— Ça dépend de votre rang sur la liste que je vais vous donner dans un instant. Toutes les auditions doivent être bouclées ce soir, peu importe le temps que ça prend.

La découverte de la liste déclencha grognements et cris de joie. Christine la parcourut du doigt et fut déçue de voir qu'elle était en trente-cinquième position pour affronter les juges des finales.

— Tu iras jusqu'au bout, sœurette, lui dit Hannah. Je le sens.

— Je ne suis même pas sûre de prendre ce bus, protesta Christine.

— Tu es folle ? Je serais capable de ramper sur des tessons de bouteille pour aller à cet hôtel.

— Mais ça risque de me prendre jusqu'à minuit, peut-être même plus, et je dois aller chercher Mack.

— Tu rêves ! insista Hannah. C'est moi qui irai le chercher et je le ramènerai à l'hôtel.

— Je ne sais pas...

Hannah posa ses deux mains sur les épaules de Christine et la fixa droit dans les yeux.

— Reprends-toi. Tu es épuisée et tu meurs de trac, mais c'est la chance de ta vie. Alors ne t'imagine pas que je vais te laisser la gâcher.

Christine inspira profondément.

— Tu as peut-être raison.

— *J'ai raison.* (Hannah tendit la main.) Donne-moi les clés de ta voiture.

3ᴇ JOUR
Célèbre !

CHAPITRE 8

À cause du retard au départ de Norfolk, Mack faillit rater la correspondance à Chicago.

Il avançait le long de l'étroit couloir de l'avion lorsque son portable sonna. Avisant sa place, il plongea la main dans son sac à dos tout en enjambant deux personnes d'un volume assez imposant et se glissa dans son siège côté hublot.

– Tu as eu la correspondance ?

C'était sa mère.

– De justesse, répondit Mack. On va décoller d'une seconde à l'autre.

– J'ai essayé de joindre Christine, mais elle ne répond pas.

— Elle connaît l'heure d'arrivée. Elle sera là.

Un des traits de caractère de Christine, c'était sa ponctualité. Trop même, au goût de Mack. Elle soulignait d'autant plus ses retards à lui !

— Ça ne lui ressemble pas de ne pas appeler.

— Elle est sûrement en train de passer l'aspirateur et elle n'entend pas le téléphone.

Ça, c'était un autre trait de caractère de sa sœur qui l'exaspérait. Sa maladie de la propreté ! En levant les yeux, il aperçut dans le couloir un steward qui le toisait d'un œil sévère.

— Les portes sont fermées, déclara-t-il. *Tous* les portables doivent être éteints pour *toute* la durée du vol !

Mack lui fit signe qu'il avait entendu et dit à sa mère qu'il devait raccrocher.

— Rappelle-moi dès que tu as atterri.

— Maman, il sera trois heures du matin pour toi !

— Aucune importance.

— Bon, d'accord. En attendant, il faut vraiment que je raccroche. Salut !

Le steward ne le quitta pas des yeux jusqu'à ce qu'il ait éteint son téléphone et l'ait rangé dans son sac.

Mack s'endormit avant même que l'avion n'atteigne son altitude de croisière et il ne se réveilla qu'à l'atterrissage à Los Angeles.

Il s'attendait à retrouver Christine dans la zone de livraison des bagages, mais elle n'était pas là. Il la chercha du regard tout en gardant un œil attentif sur le convoyeur.

Un à un, les passagers avaient récupéré leurs bagages ; il n'y eut bientôt plus qu'une demi-douzaine de personnes se demandant si elles allaient devoir s'aventurer jusqu'au comptoir des bagages perdus. Heureusement, c'était leur jour de chance ! Une dernière fournée de bagages apparut sur le tapis roulant. Au milieu, trônait l'énorme sac de Mack.

« Bon, il ne me reste plus qu'à dénicher le comptoir des sœurs perdues, et je suis sauvé ! »

Il sortit son portable de sa poche et appela sa sœur. Pas de réponse. Et si sa mère avait raison de s'inquiéter... Christine n'était jamais en retard. Jamais. Si, par hasard, elle risquait de l'être, elle appelait toujours ; au pire, elle laissait un message ou son téléphone ouvert pour qu'on puisse la joindre.

– Mack ?

Surpris, il se retourna. Une fille ravissante se précipitait vers lui.

Avant même qu'il puisse réagir, elle le serrait dans ses bras et lui plantait un baiser sur la joue – c'était adorable mais un peu gênant. Il regarda par-dessus son épaule, s'attendant à

voir sa sœur arriver d'un pas tranquille, mais non, pas de Christine.
— Où est Christine ?
— À une audition.
Mack vérifia l'heure.
— À minuit et demi ?
— La journée a été très longue, expliqua Hannah avec un sourire désarmant. Je te raconterai tout dans la voiture. Tu es beaucoup plus mignon que ne le dit Christine.
Cette fois Mack fut franchement gêné. Pour donner le change, il se concentra sur son téléphone et composa un numéro.
— Son téléphone est éteint.
— Je sais... Il faut que j'appelle ma mère pour la prévenir que je suis bien arrivé.
— Mais il est trois heures du matin sur la côte est ! Elle doit dormir !
Mack secoua la tête. Hannah connaissait bien mal sa mère. Même à une heure pareille, elle serait éveillée à attendre son coup de fil.
— Tu ne peux pas lui dire que Christine n'était pas là pour t'attendre.
Mack regarda Hannah.
— Oui, mais comment faire ? Elle voudra parler à Christine. D'un autre côté, si je ne lui téléphone pas, elle va appeler les flics et donner mon signalement.
Hannah éclata de rire.

— Je vois le tableau. Laisse-moi l'appeler.

Il finit de composer le numéro et lui tendit le téléphone.

— Bonsoir Mélanie, c'est Hannah... Non, tout va bien. Son avion a eu un peu de retard, il est en train de récupérer ses bagages. Il m'a demandé de vous appeler pour que vous puissiez vous coucher... Oui, je sais... Son téléphone n'a plus de batterie, mais on s'en est rendu compte après avoir quitté la maison. Elle nous attend dans la voiture. C'est plus simple que d'aller au parking... Je lui dirai de vous appeler demain matin dès qu'elle sera réveillée... Entendu, vous aussi. Dormez bien. Oui, nous allons tous très bien.

Hannah referma le téléphone d'un claquement sec et le tendit à Mack. D'après ses calculs, Hannah venait de faire sept mensonges en moins de vingt secondes. Elle serait une cliente idéale pour le Dispositif de Protection des Témoins.

— C'est quoi, tous ces mystères ? demanda-t-il.

— Christine ne veut pas que ta mère soit au courant pour l'audition avant que tout soit fini. Elle préfère lui faire la surprise.

Mack se demanda si Hannah faisait là son huitième mensonge.

— C'est tout ce que tu as comme bagage ?

– J'ai aussi un sac à dos.
– Alors, ramasse le tout, et on file !
– On va à la maison ?

Hannah hocha la tête.

– On passe d'abord à l'hôtel Beverley Hills, dit-elle. Ensuite, direction la maison !

CHAPITRE 9

Christine essaya de dormir un peu, mais il y avait trop de bruit et des caméras les filmaient sans arrêt. Au stade aussi, les caméras les filmaient, mais noyées au milieu de neuf mille personnes, elles étaient moins gênantes. Les candidats avaient été scindés en petits groupes en fonction de leur numéro et conduits dans des pièces séparées où ils attendaient leur tour. Un assistant de production passa la tête par la porte pour les prévenir que, d'ici une quinzaine de minutes, ils seraient conduits à l'étage supérieur, où se déroulaient les auditions.

– Combien de candidats sont arrivés en demi-finale actuellement ? demanda quelqu'un.

— Un, répondit l'assistant.
— Vous rigolez ?
— Pas du tout ! On a haussé la barre cette année et même, dans certaines villes, on n'a sélectionné aucun candidat.

« Au moins, ça traînera pas ! » se dit Christine, fatiguée. Elle regarda la pendule sur le mur. Hannah avait dû récupérer Mack à présent. Elle aurait dû téléphoner pour s'en assurer, mais elle voulait rester concentrée. Pas la peine de se donner tout ce mal pour se laisser distraire au dernier moment.

Elle alla aux toilettes, histoire d'échapper un instant aux caméras et de réfléchir à la chanson qu'elle allait interpréter. Lors des six épreuves précédentes, elle avait présenté le même titre, tout au moins un court extrait ; maintenant, elle avait envie de changer. De l'avis général des candidats de son groupe – dont plusieurs avaient déjà participé à ce type d'audition –, il fallait rester fidèle à la chanson qui vous avait mené jusque-là. Mais Christine n'était pas convaincue.

Au cours des quelques mois passés à Elko en tant que Wanda Granger, elle avait auditionné pour *Le Fantôme de l'Opéra*, le spectacle de fin d'année du lycée. Toutes les chansons avaient été composées par Sam Sebesta, l'étrange concierge du collège de son frère. La chanson vedette, une mélodie magnifique, lui permettait de montrer toute l'étendue de sa voix. Depuis son arrivée à l'hôtel, elle lui trottait dans la tête, presque comme un appel.

Quelqu'un frappa à la porte pour la prévenir que l'assistant était revenu. Christine sortit des toilettes.

L'assistant était en pleine explication :

– Ils sont prêts. Emportez toutes vos affaires, vous ne reviendrez plus dans cette pièce. Si vous êtes éliminés, on vous raccompagnera au rez-de-chaussée où vos amis et vos familles vous attendent.

Les dix candidats du groupe de Christine s'engouffrèrent dans l'ascenseur, jusqu'à l'étage supérieur. Sous le regard inquisiteur des caméras qui suivaient chacun de leurs gestes, ils furent conduits dans une pièce exiguë où on les invita à s'asseoir et à se détendre. S'asseoir, c'était facile. Se détendre, c'était impossible. Au bout de dix minutes, un agent de la sécurité fit son apparition par une porte à deux battants et appela le premier candidat à passer à côté. Cinq minutes plus tard, il ressortait, le visage ravagé. Tout ce qu'il eut le temps de leur dire avant de repartir vers l'ascenseur fut : « Ils sont vaches ! »

La personne suivante entra et ressortit en moins de temps encore que la précédente. « Ils sont d'une humeur exécrable ! » prévint-elle.

La troisième personne, une fille que Christine trouvait vraiment talentueuse et très drôle, y passa plus de dix minutes. Tous s'attendaient à la voir revenir le sourire aux lèvres, brandissant sa convocation aux demi-finales. Finalement, elle ressortit en larmes, trop bouleversée pour ajouter un mot.

Christine commençait à se sentir mal. Elle avait vu les juges à la télé et elle savait à quel point ils pouvaient être durs. Elle imaginait sans peine ce qu'ils disaient aux candidats, pour la plupart debout depuis plus de vingt-quatre heures à attendre cette chance. Elle était décidée à ne pas se laisser démolir par les juges. Elle ne sortirait pas de la salle en pleurant – quel que soit le verdict.

On appela le numéro 34. Ensuite, ce serait son tour.

Elle ferma les yeux et répéta sa chanson dans sa tête ; recréant parfaitement chaque note, en silence. Elle avait chanté cette mélodie des centaines de fois, mais jamais devant un vrai public. Sa famille et elle avaient dû quitter Elko avant la première répétition du *Fantôme de l'Opéra*. À Manteo, elle avait choisi de prendre le prénom du rôle principal de la pièce.

– Christine Greene ?

Étonnée, Christine ouvrit les yeux. Elle n'avait même pas vu sortir le numéro 34.

— Alors ? demanda-t-elle.
— À un cheveu près ! répondit le numéro 36.
— Suivez-moi, dit un assistant.

Christine respira profondément pour apaiser son trac. Un agent de sécurité tenait la porte ouverte. Elle suivit l'assistant.

Les silhouettes familières des trois juges, assis derrière une table, lui parurent plus impressionnantes qu'à la télévision. À gauche, Bo Winston portait une énorme montre en or. À droite, Angus Killick était moulé dans un étroit T-shirt rouge. Et, entre les deux, la toute petite Madge Cardillo. Tous les trois paraissaient épuisés, le regard vague, ils auraient sûrement préféré être ailleurs à une heure pareille. Le studio était encombré de puissants projecteurs et de caméras. Les maquilleuses s'affairaient autour des trois juges. Après leur départ, Madge dévisagea Christine et lui sourit.

— Comment ça va, Christine ?
— Bien, dit Christine. Un peu nerveuse, mais tellement heureuse d'être ici.
— Le plus dur, c'est d'attendre, commenta Madge en consultant la feuille placée devant elle. Ainsi, tu viens de t'installer à Los Angeles ? Et tu arrives d'où ?
— De Manteo, en Caroline du Nord.
— Ah ! On a entendu d'excellents chanteurs de Caroline du Nord. Qu'est-ce que tu vas nous chanter ce soir ?

Bo regarda son énorme montre.

— Ce matin, corrigea-t-il.

Angus ferma les yeux et s'enfonça dans son fauteuil en croisant les bras sur sa poitrine.

— Un extrait du *Fantôme de l'Opéra*, répondit Christine.

— Connais pas, fit Bo.

— Je ne crois pas qu'il ait été enregistré. C'est une mélodie composée par quelqu'un dont je suis sûre que vous n'avez jamais entendu parler non plus, Sam Sebesta.

— C'est risqué de chanter une chanson originale, remarqua Bo.

— C'est un risque que je suis prête à prendre, enchaîna Christine. Cette chanson a une grande valeur sentimentale pour moi. Elle me rappelle une autre époque. Une autre vie.

— On t'écoute ! dit Bo.

Christine dévisagea chaque juge, un par un. Angus était toujours enfoncé dans son siège, les yeux fermés. Elle se fixa comme objectif de l'amener à se redresser et à ouvrir les yeux. Même si elle n'était pas sélectionnée pour l'épreuve finale, si elle parvenait à atteindre cet objectif, elle serait satisfaite.

Et elle commença à chanter.

À la cinquième mesure, Angus ouvrit les yeux. À la dixième, il s'était redressé sur son siège. Il ne souriait pas, mais il était attentif.

Les juges la laissèrent chanter beaucoup plus longtemps qu'elle ne s'y était attendue. Finalement, Bo lui fit signe de s'arrêter.

– Super ! Non, vraiment, c'était formidable. Tu as du coffre. (Il se tourna vers Madge.) Qu'est-ce que tu en penses ?

– Splendide ! répondit-elle. Un des trucs les plus difficiles, c'est de choisir une chanson adaptée à sa voix. Tu as pris ce risque et c'est payant. Beau travail.

Christine regarda Angus, qui se montrait rarement aimable avec les candidats.

– Étant donné les réponses mirobolantes de Madge et Bo, tu n'as pas réellement besoin de mon vote. Mais j'admets que c'était pas mal. Différent, en tout cas, de ce que tes petits copains nous ont infligé toute la sainte journée.

Christine ne savait pas si elle devait prendre sa remarque comme un compliment ou comme une critique.

– Quel âge as-tu ? demanda-t-il.

– Dix-huit ans.

Angus parut surpris.

– Ce qui me semble encore plus intéressant que ta voix, reprit-il, c'est cette ténacité, cette âpreté qu'on perçoit derrière ta voix.

Ce commentaire la déstabilisa. Christine ne s'était jamais considérée comme quelqu'un de tenace, ni de dur. Personne ne lui avait jamais fait ce genre de réflexion.

– Je suis sérieux, dit-il. Il y a quelque chose là. Dans ce métier, la ténacité, c'est aussi important que le son de la voix.

Elle ne savait pas quoi répondre, alors elle décida de simplement les regarder et d'attendre leur verdict.

Angus tourna la tête vers Madge et Bo.

– Conclusion ?

– Sans hésitation, dit Bo.

Madge sourit.

– Félicitations, Christine.

Angus la dévisagea.

– Va savoir, dit-il. Tu es peut-être la prochaine vedette de « Stars d'Amérique ».

CHAPITRE 10

Sur le chemin de l'hôtel, Hannah acheta un hamburger à Mack et lui fit le compte rendu détaillé de la journée. Entre autres, elle lui raconta que, à l'heure où elle avait quitté l'hôtel, un seul candidat sur neuf mille participants avait été sélectionné.

Mack n'aurait jamais imaginé vivre un tel suspense dès sa première nuit à Los Angeles : la candidature de sa sœur à la demi-finale de « Stars d'Amérique ».

Il connaissait l'émission, il la regardait chaque semaine avec ses parents et Christine. Tous les quatre adoraient la musique et ils s'amusaient beaucoup à essayer de deviner qui serait le meilleur chanteur. C'était une des rares occasions de se comporter comme une famille normale, sans se soucier de l'ombre d'Alonzo suspendue au-dessus de leurs têtes.

Son père et sa mère finissaient toujours par dire que la voix de leur fille était plus belle que celle de tous les finalistes et, chaque fois, Christine balayait la remarque d'un : « C'est ridicule ! »

Mais apparemment, elle avait dû les prendre plus au sérieux que Mack ne l'avait cru. Il était vraiment content pour elle et il comprenait parfaitement que, pour le moment, elle veuille conserver le secret vis-à-vis de ses parents. Inutile qu'ils se rendent malades si elle ratait les demi-finales. Chaque fois qu'elle s'était présentée à une audition pour les spectacles de fin d'année au lycée, ils étaient plus inquiets qu'elle. Alors une émission aussi populaire que « Stars d'Amérique » risquait de les rendre hystériques !

Hannah lui plaisait beaucoup. Essentiellement parce qu'elle ne le traitait pas comme un gamin. Ces quelques semaines à Los Angeles ne seraient peut-être pas si désagréables...

À l'extérieur de l'hôtel, un policier vérifia leurs noms sur une liste, avant de les laisser entrer. Le vestibule était noir de monde ; tous attendaient qu'un ami, un fils ou une fille redescende du studio où les auditions avaient lieu. Personne ne savait ce qui se passait dans les étages supérieurs. Aussi, quand la porte de l'ascenseur s'ouvrait, on ne savait jamais qui allait apparaître.

Certains candidats sortaient en pleurant, d'autres en souriant, mais aucun n'avait réussi à franchir toutes les étapes. Le bruit courait que les juges en avaient assez et qu'ils faisaient défiler les derniers postulants en accéléré pour rentrer chez eux se coucher. D'ailleurs, il y avait peut-être du vrai dans cette rumeur parce que l'ascenseur semblait recracher les candidats au rythme d'un simple aller et retour entre le rez-de-chaussée et le dernier étage.

Peu après deux heures du matin, l'ascenseur fit deux voyages assez rapides. Puis il y eut une longue pause, d'une demi-heure, au moins. Ce qui aviva l'attention de chacun. Au terme de cette attente, l'ascenseur finit par se remettre en route. La foule gardait impatiemment les yeux rivés sur les numéros des étages qui défilaient au-dessus de la porte.

— Il se passe quelque chose, dit Hannah en montrant les trois caméramans qui se précipitaient vers la porte de l'ascenseur.

Mack et elle les suivirent de près. Ils étaient à mi-chemin quand les portes s'ouvrirent.

Christine apparut. Un sourire radieux éclairait son visage.

Hannah passa devant les caméras et la saisit par les épaules.

– Alors ?

– Je suis sélectionnée pour les demi-finales ! s'écria Christine.

Les deux filles se mirent à sauter et à hurler de joie au milieu des applaudissements et des bravos de la foule. Puis Christine aperçut son frère. Elle s'écarta d'Hannah et le prit dans ses bras.

– Désolée de ne pas être venue te chercher à l'aéroport.

– T'inquiète. Si c'est pour être la prochaine *Star d'Amérique*...

– Je n'arrive toujours pas à y croire ! (Christine prit Hannah par le bras.) On s'en va. Je meurs de faim !

– Je connais un super resto à Hollywood ! dit Hannah.

Il leur fallut presque vingt minutes pour traverser l'essaim de gens qui félicitaient Christine et la bombardaient de questions concernant les candidats toujours retenus au dernier étage. Lorsqu'elles arrivèrent enfin à leur voiture, Christine demanda à Hannah de prendre le volant, elle était trop excitée pour conduire.

La carte du restaurant était aussi alléchante qu'Hannah l'avait annoncé. L'endroit était plein à craquer. Elles n'étaient pas les seules à venir s'asseoir dans un box de cuir rouge pour savourer un petit déjeuner à trois heures du matin. Encore sous l'excitation des résultats de l'audition, Hannah et Christine jetèrent à peine un regard à la clientèle. Mack, au contraire, passionné par le spectacle des autres, en oubliait presque ce qu'il avait dans son assiette.

– Même si tu ne réussis pas à terminer dans les douze derniers, disait Hannah, tu pourras signer chez un bon imprésario. Ils voudront tous t'avoir dans leur agence. Tu vas être très sollicitée par les médias. Tu vas être sur le devant de la scène.

Ces derniers mots claquèrent à l'oreille de Mack, qui reporta alors son attention sur la conversation. « Le devant de la scène. » Bien sûr, Hannah avait raison !

Mack dévisagea sa sœur. Elle souriait béatement. De toute évidence, le sens des paroles d'Hannah lui échappait totalement. Les Greene ne pouvaient pas se permettre d'être sollicités par les médias. Ils ne pouvaient pas être « sur le devant de la scène ». Ils étaient censés rester discrets, mener une petite vie calme et rangée. Être candidate à l'émission « Stars d'Amérique » n'était pas ce que les fédéraux avaient en tête pour les personnes qu'ils soumettaient au Dispositif de Protection des Témoins. Doris et Don seraient fous furieux quand ils l'apprendraient.

Ses parents avaient encouragé Christine à devenir comédienne et chanteuse, mais, dans leur esprit, elle devait d'abord faire quatre ans d'études à l'université de Los Angeles. Entre temps, Alonzo Aznar aurait certainement oublié les Greene. Même dans leurs rêves les plus extravagants, jamais ils n'auraient osé imaginer que Christine puisse tenter le pari de devenir célèbre vingt-quatre heures à peine après que sa mère l'ait laissée seule à Los Angeles.

Mack aurait voulu aborder la question tout de suite, mais c'était impossible. Hannah n'avait aucune idée de leur véritable identité. Il essaya de se remémorer ce que les caméras avaient filmé lorsque Christine avait surgi de l'ascenseur. « Tout ! Y compris Christine en train de m'embrasser. »

Tous les amis de Christine regardaient « Stars d'Amérique », même ceux qu'elle avait du temps où elle s'appelait Jeanne Osborne ou Wanda Granger. Ils seraient étonnés d'apprendre qu'elle s'appelait aujourd'hui Christine Greene. Ils voudraient savoir pourquoi. Cette question deviendrait le principal sujet de conversation dans ses précédents lycées et elle se répandrait comme une traînée de poudre dans les petites villes où ils avaient vécu.

— Quand a lieu la demi-finale ? demanda-t-il.

— Le mois prochain, dit Christine.

Cette réponse remonta un peu le moral de Mack, mais pas beaucoup. D'ici le mois prochain, le procès d'Alonzo serait peut-être terminé et il ne lui servirait plus à rien de chercher à leur nuire. Du moins Mack préférait-il envisager les choses sous cet angle.

— Oh, mon Dieu ! s'exclama Christine.

— Quoi ? demanda Hannah.

Mack crut que Christine avait fini par comprendre.

— La fac ! fit-elle. Les cours commencent le 27 septembre. Si j'ai la chance d'être parmi les douze, je vais manquer tout le trimestre !

Mack pressa une main sur sa bouche. « Manquer les cours sera sans doute le cadet de ses soucis, pensa-t-il. Et des miens. »

CHAPITRE 11

Alonzo se réveilla de bonne heure, selon son habitude. Il s'assit sur le lit de sa cellule pour lire ses messages tandis que la télévision ronronnait en fond sonore.

Les e-mails ne lui apportèrent aucune information nouvelle, rien de réellement utile. S'il pouvait sortir, arpenter les rues, à cette heure, il saurait déjà sous quelle identité se cachaient les Osborne.

Raphaël, son frère cadet, l'informait que certains de ses collaborateurs cherchaient d'autres ouvertures, prenaient des contacts auprès de ses concurrents. Alonzo hocha la tête. De telles trahisons seraient punies. Il commença à rédiger sa réponse, expliquant avec précision à son frère quoi dire à ces traîtres lors de l'assemblée annuelle du cartel, le « jamboree [1] » comme l'appelait Raphaël.

Le jamboree aurait lieu dans trois jours sur la propriété viticole que les Aznar possédaient en Argentine. Des gens venus du monde entier s'y rendraient – nouvelles recrues aussi bien que membres liés à son organisation depuis de longues années. Dans bien des cas, c'était la seule occasion pour Alonzo de parler face à face à tous ces gens et de leur expliquer, droit dans les yeux, ce qu'il attendait d'eux pour l'année suivante. Or, pour la première fois, il ne serait pas présent. Raphaël allait devoir remplir son rôle et transmettre ses ordres aux membres du cartel. Cette perspective inquiétait Alonzo.

Raphaël était un bon frère, mais il était impulsif, imprévisible. Alonzo devait constamment le maintenir dans le rang, tâche difficile, surtout depuis le fond d'une cellule.

Lorsqu'il avait été arrêté, Raphaël avait tout de suite organisé son évasion. Il avait mis au point un plan sophistiqué, réuni un groupe de professionnels, et il s'apprêtait à mettre son projet à exécution quand son frère en avait eu vent. Il avait fallu une suite d'e-mails très autoritaires pour le convaincre d'abandonner le projet et de rappeler ses troupes. Alonzo n'avait

---

1. Grande réunion internationale. Mot anglais venant de l'indou et dont l'apparition dans la langue française date de 1910. (N.d.T.)

aucune envie de passer le restant de ses jours en cavale. Il visait l'acquittement. Pour la bonne marche de ses affaires, il était vital qu'il puisse se déplacer librement aux États-Unis. Bender avait déjà réussi à faire lever bon nombre des chefs d'accusation. Il n'envisagerait une évasion qu'en ultime recours, au moment opportun.

Alonzo avait déjà rédigé la moitié de son message à Raphaël lorsqu'un mail urgent, provenant d'une source sûre, arriva ; le message lui suggérait de regarder « Matin Spectacles », un programme de variétés très populaire. Alonzo changea de chaîne, sans comprendre en quoi cette émission pouvait l'aider, et il se replongea dans la rédaction de son courrier pour Raphaël.

Quelques minutes plus tard, il fut à nouveau interrompu par quelques notes d'une mélodie qu'il reconnut sur-le-champ. Il tourna la tête juste à temps pour tomber nez à nez avec le sourire niais du présentateur.

« Après la pub, nous retournerons à Pasadena découvrir qui furent les heureux gagnants et les candidats malheureux de la grande compétition de "Stars d'Amérique"... »

Alonzo monta le son et rongea son frein avec une impatience grandissante jusqu'à la fin des pubs pour papier hygiénique, antidépresseurs ou produit vaisselle. Un voisin de cellule lui hurla de baisser le son. Alonzo n'en fit rien. Finalement, le présentateur réapparut.

« Plus de neuf mille jeunes espoirs de la chanson étaient présents hier soir au stade du Bol Rose à Pasadena en Californie, mais seuls deux candidats – oui, vous avez bien entendu, deux candidats seulement – furent assez talentueux, aux yeux des juges, pour participer à la prochaine session... »

Un type moulé dans un T-shirt rouge parut à l'image. Le présentateur lui demanda de commenter les mauvais résultats des auditions de Los Angeles.

« On a relevé le niveau, dit l'homme d'un air suffisant. Los Angeles n'est qu'une ville parmi la demi-douzaine d'autres où nous allons nous rendre. Deux candidats sur neuf mille, c'est mieux que zéro, non ?... »

La caméra passa ensuite sur un jeune homme qui chantait devant trois juges. Quand ils lui annoncèrent qu'il avait franchi le cap des demi-finales, il bondit en hurlant de joie et fendit l'air de son poing gauche.

« Et l'autre heureux gagnant est une jeune fille qui s'appelle Christine Greene... »

Alonzo se pencha en avant, il en aurait presque sauté de joie, lui aussi. Elle n'était plus blonde, elle n'avait plus les yeux bleus, mais il ne pouvait pas se tromper ; c'était bien cette

voix et cette chanson, qu'il avait déjà entendues, un jour, dans le Nevada, à Elko.
 « Ainsi, tu viens de t'installer à Los Angeles ? demandait la jolie juge. Et tu arrives d'où ?
 — De Manteo, en Caroline du Nord. »
 La caméra suivit la radieuse Christine Greene jusqu'au rez-de-chaussée de l'immeuble, où une jeune fille rousse et un garçon lui tombèrent dans les bras.
 Alonzo n'avait jamais vu la fille rousse, mais il connaissait le garçon.
 Il connaissait aussi beaucoup de monde à Los Angeles. Certains de ses meilleurs partenaires se trouvaient là-bas.
 Il se jeta sur son ordinateur et envoya une série d'e-mails. Il fallait agir vite. Avant que les Greene et les agents fédéraux ne se rendent compte de leur erreur.

CHAPITRE 12

Mack se réveilla tard, bien après onze heures.
Il fallait absolument qu'il prenne Christine à part un moment pour lui parler de ce qui le préoccupait, mais elle dormait encore et Hannah aussi. La réveiller n'était pas une bonne idée. Sa sœur était toujours grognon au saut du lit.
Il trouva le lait et les céréales dans la cuisine, et tout en mangeant, il fit le tour du propriétaire. C'était une maison agréable et il se demanda combien de temps ils auraient la chance d'en profiter. Dans le jardin, derrière la maison, se dressait le citronnier dont sa mère lui avait parlé. Il n'en avait jamais vu auparavant. Il allait s'en approcher pour l'observer de

plus près quand le portable de Christine sonna. En temps normal, il n'aurait jamais osé décrocher, mais il lut le nom du correspondant sur l'écran : *Maman.*

Elle fut visiblement soulagée d'entendre sa voix.

– Je me faisais du souci, tu ne m'as pas appelée.

– Tout va bien. On est rentrés tard hier soir.

– Qu'est-ce que vous avez fait ?

Il n'allait pas se risquer à le lui raconter. Il laissait ce soin à sa sœur.

– On a fait du tourisme, dit-il simplement.

– La maison est agréable, n'est-ce pas ?

– Ouais, chouette. De la fenêtre, j'aperçois justement le citronnier.

– Christine est là ?

– Elle dort encore.

– Elle dort ?

– Je t'ai dit qu'on s'était couchés tard.

– Tard, comment ?

– J'en sais rien... Tard. J'avais dormi dans l'avion, du coup je n'étais pas fatigué. Christine et Hannah, non plus.

– Hannah est adorable, tu ne trouves pas ?

– Ouais.

Sa mère soupira.

– Bon, je vais te laisser. Tout est en règle au club de sport. En sortant de la maison, tu

tournes à droite. La salle est à la hauteur du troisième carrefour. Dans la même rue. Tu ne peux pas la rater. Mais si tu y vas avant que Christine se réveille, laisse-lui un mot, qu'elle sache où tu es, et dis-lui qu'elle me téléphone.
– Promis, je lui dirai.

Mack suivit le conseil de sa mère et se rendit à la salle de sport. Il y avait un monde fou; des gens tous beaux, tous en grande forme, qui consacraient visiblement beaucoup plus de temps que lui au sport. Il se sentit un peu gauche au milieu de ces dieux et de ces déesses aux splendides corps de bronze; il faut admettre qu'à Manteo, il bénéficiait d'un équipement moins sophistiqué qu'ici.

À son retour, Christine et Hannah étaient réveillées, et toujours aussi excitées que la veille. Mais leur exubérance n'avait plus rien à voir avec le succès de Christine. C'était le tour d'Hannah.

– Mon agent vient de m'appeler! s'écria-t-elle dès qu'il eut poussé la porte. Elle n'appelle jamais. D'habitude, c'est toujours moi! Bref! le célèbre metteur en scène Vincent Smouth – tu sais, celui qui a réalisé *Ciel, mon chien!* et *Applaudir d'une seule main...* Tu les as vus?

Mack fit non de la tête. Il n'en avait même jamais entendu parler.

— Bref ! il prépare une pub Pepsi Cola pour le Super Bowl[1] et il veut que je tienne un des rôles principaux !

« Je ne savais pas qu'il y avait des rôles principaux en pub ! » se dit Mack.

— C'est une chance incroyable, poursuivit Hannah. Il a vu un de mes essais filmés, puis mon book, et il a dit : « C'est elle que je veux ! » Ni audition ni rendez-vous. J'ai le rôle ! Les planètes doivent être dans un alignement parfait au-dessus de cette maison ! La prochaine fois, c'est toi qui décrocheras un rôle !

« C'est déjà fait, pensa Mack. Je joue Mack Greene. »

— Bref ! je pars pour Vancouver, continua Hannah. La pub se tourne au Canada. C'est moins cher là-bas. Je serai de retour dans deux ou trois jours. Quatre au plus tard, d'après mon agent. (Elle regarda Christine.) Tu viens m'aider à faire ma valise.

Christine lui emboîta le pas, Mack l'agrippa par la manche.

— Maman a téléphoné...

— Tu ne lui as rien dit, j'espère ?

— Non. Je te laisse ce soin !

---

1. Le Super Bowl est un des événements les plus importants dans le monde du football américain. (N.d.T.)

— Elle va être drôlement surprise.
— Ça, c'est sûr...
« Mais, pas comme tu crois », songea-t-il.
— Je lui téléphonerai dès qu'on sera rentrés de l'aéroport. Je dois accompagner Hannah. Tu veux venir ?
— Pourquoi pas...

* * *

Quatre heures plus tard, sur le chemin du retour, Mack fut enfin seul avec sa sœur.
— Je crois que tu as gaffé...
Elle tourna la tête de son côté.
— Pourquoi tu dis ça ?
— L'émission de télé... Ça pourrait se révéler une énorme erreur.
— Une erreur ?
— La couverture médiatique... dit Mack. Toutes ces caméras braquées sur toi. Quelqu'un de notre ancienne vie risque de te reconnaître.

Aborder un sujet pareil alors qu'elle était lancée à cent trente à l'heure sur l'autoroute n'était sans doute pas une bonne idée. Christine fit une embardée et percuta la voiture dans la file voisine.

Dès qu'elle reprit le contrôle de son véhicule, elle s'arrêta sur le bas-côté et s'effondra en sanglotant, la tête sur le volant. Le type qu'elle avait embouti se montra plutôt conciliant, d'autant qu'à cause d'elle il avait renversé du café chaud sur son costume trois-pièces et rayé la peinture de sa Mercedes flambant neuve. Il crut que Christine pleurait à cause de l'accident et s'efforça de la réconforter de son mieux tandis qu'ils échangeaient leurs numéros d'immatriculation et leurs polices d'assurance.

Le temps de repartir, il était déjà tard, et ni Mack ni Christine n'ajoutèrent un mot à ce sujet, jusqu'à ce qu'ils se garent dans l'allée devant la maison.

Christine coupa le moteur.

— Je ne comprends pas comment j'ai pu être aussi stupide...

— Bienvenue au club ! dit Mack.

Il savait exactement ce qu'elle ressentait, ayant lui aussi commis une erreur tout aussi stupide, l'année précédente, à Elko.

— Je me suis laissé embarquer dans une spirale, je n'ai même pas pris le temps de réfléchir aux conséquences.

— La situation n'est peut-être pas si grave qu'on l'imagine, dit Mack. Si ça se trouve, ils n'utiliseront même pas ce qu'ils ont filmé à ta sortie de l'ascenseur.

— Ils n'ont pas filmé que ça, dit Christine. Il y avait des caméras partout, pendant toute la journée. Il y en avait tellement que j'ai fini par oublier leur présence. Tu as déjà vu l'émission. Ils adorent ces instants de spontanéité. En plus, j'ai signé une décharge sans même la lire. Je suis certaine que ce papier leur donne le droit de diffuser absolument tout ce qu'ils veulent.

— La question, c'est de savoir *quand*, dit Mack. À moins que ce ne soit déjà trop tard, Doris et Don peuvent exiger de la chaîne qu'elle ne diffuse rien.

— Peut-être. Mais quelle que soit la manière dont tu abordes le problème, je suis toujours sélectionnée pour la demi-finale. Tout est fichu.

Et elle éclata en sanglots.

— Pas forcément. Il reste une chance pour qu'Alonzo soit condamné d'ici la demi-finale.

Christine lui saisit les mains.

— Tu crois vraiment, Jack ?

Elle ne l'avait pas appelé par son vrai prénom depuis un an.

— Oui, *Jeanne*, répondit-il.

— Oooups ! dit-elle en riant. Encore une gaffe !

Mack sourit.

— Il y a deux jours, j'ai parlé avec Doris. D'après elle, c'est dans la poche. Alonzo va se retrouver sous les verrous pour un sacré bout de temps.

— J'espère que tu as raison. J'ai tellement envie de participer à cette demi-finale... Tu sais... Je ne veux pas dire que je me trouve assez de talent pour être sélectionnée, mais si par hasard j'ai une chance, je veux vraiment la tenter et gagner.

— Moi, je suis persuadé que tu peux réussir. (Il le pensait sincèrement.) On n'est pas faits pour leur truc de témoins. On n'arrête pas de se planter. Si tu gagnes, tu pourras nous payer des gardes du corps à tous les quatre !

— Marché conclu ! dit-elle en laissant échapper un long soupir. Bon, faut vraiment qu'on téléphone aux parents...

La première chose que Mack avait l'intention de faire en arrivant, c'était se précipiter à la cuisine et manger. Il n'avait rien avalé depuis son bol de céréales du matin et il mourait de faim.

CHAPITRE 13

Mack eut à peine le temps de passer le pas de la porte qu'un homme se jeta sur lui. Mack lui asséna un coup de boule sur le nez, qui envoya le type s'écraser contre le mur.

– Va-t'en, Christine !

C'était trop tard. Un autre type surgit et frappa Mack en plein estomac. Il s'effondra, plié en deux, le souffle coupé. Quelqu'un lui tira les deux bras en arrière et une paire de menottes claqua sèchement autour de ses poignets.

L'individu dont Mack avait cassé le nez se dressa devant lui, la chemise ensanglantée et les poings serrés. Mack crut qu'il allait l'abattre sur place, mais un autre type, avec les cheveux coupés en brosse, le repoussa sans ménagement.

— Je te le refile s'il nous crée encore des ennuis, dit l'homme à la brosse. (Il dévisagea Mack.) Alors, on veut jouer les durs ?

Mack respirait toujours avec difficulté. Il n'avait vraiment pas l'impression d'être un dur. Son front l'élançait à cause du coup qu'il avait porté à son agresseur et il crut qu'il allait vomir. « Coupe en Brosse » le releva sur ses jambes et, moitié en le portant, moitié en le traînant, l'accompagna vers le canapé où Christine, en larmes, était assise. Plié en deux, Mack mit encore quelques minutes à récupérer son souffle. Quand il se redressa, quatre hommes se tenaient devant lui. Deux d'entre eux étaient armés de revolvers.

— Qui êtes-vous ? demanda-t-il.

— Les livreurs ! répondit Coupe en Brosse, qui à l'évidence était le chef.

La nuit où Alonzo avait débarqué chez eux un an plus tôt, lui et ses sbires avaient le visage dissimulé sous des masques de ski, afin qu'on ne puisse pas les identifier. Les types qui lui faisaient face n'avaient même pas pris la peine de se cacher. Mack trouva ça beaucoup plus terrifiant que leurs revolvers.

— Et vous livrez quoi ? demanda-t-il.

— Les enfants Greene, répondit Coupe en Brosse. Mieux connus sous le nom de Jack et Jeanne Osborne.

Son téléphone portable sonna. Il le sortit de sa poche et l'ouvrit d'un geste sec.

— On les a. La colocataire a pris l'avion ?... Parfait !

— Hannah n'a rien à voir avec tout ça ! s'écria Jeanne. Coupe en Brosse raccrocha.

— Du calme ! Elle a droit à un vol gratos pour le Canada. Seulement, elle risque d'être déçue en arrivant, parce que, tu vois, y a pas de pub Pepsi à tourner ! Mais le temps qu'elle revienne ici, vous deux, vous aurez dégagé le terrain depuis longtemps.

— On va où ? demanda Jack.

— J'en sais rien. Mon boulot, c'est de vous livrer. Je me fiche pas mal de l'endroit où vous irez ou de ce qui vous arrivera une fois que je vous aurai remis à qui de droit.

— À qui ? ! ! !

L'homme haussa les épaules.

— Écoute ! Moi, j'ai un boulot à faire. O.K. ? Si vous coopérez, si vous nous causez pas d'ennuis, vous aurez la vie sauve. Si vous m'emmerdez, je vous bute ! Tes questions m'emmerdent, vu ! Alors, boucle-la ! (Il se tourna vers ses hommes.) Vous deux, débarrassez-vous de la bagnole de la fille. Au retour, garez-vous dans l'allée contre la porte de derrière.

« Nez Sanglant », celui que Jack avait blessé, se tenait dans l'embrasure de la porte de la cuisine, un torchon sur le nez. Coupe en Brosse lui donna l'ordre d'aller dans la chambre de Jeanne rassembler ses affaires.

– T'inquiète pas pour le gamin. Il a pas eu le temps de déballer les siennes. Prends juste sa valise et son sac à dos.

Il renversa le sac à main de Jeanne sur la table et il prit son téléphone portable.

– T'en auras plus besoin ! dit-il en l'éteignant.

– Mes parents vont appeler, dit Jeanne. Si je ne réponds pas, ils s'inquiéteront.

Coupe en Brosse sourit.

– J'ai dans l'idée que c'est précisément ce qu'on cherche ! (Il regarda Jack.) À nous deux, mon pote. Lève-toi que je te fouille !

Tout ce qu'il trouva fut le vieux portefeuille de Jack qu'il posa sur la table. Ensuite, il fouilla Jeanne. Elle avait quelques billets de banque, un paquet de chewing-gum et un bâton de rouge à lèvres. Il glissa ses trouvailles dans un sachet en plastique. Nez Sanglant réapparut, leurs bagages à la main.

– Bien, dit Coupe en Brosse. Encore quelques détails à régler, et on file. Je suppose que vos parents ont un e-mail ?

Jack et Jeanne ne bronchèrent pas.
— J'imagine que ça veut dire oui.
Il tira de sa poche un petit appareil numérique, puis prit une photo d'eux.
— Bon, l'adresse e-mail, maintenant ?
— On ne la connaît pas, dit Jeanne.
— Dommage ! (Il sortit de sa poche un couteau qu'il ouvrit d'un geste sec.) Heureusement, on a votre adresse postale à Manteo. J'ai qu'à envoyer deux doigts ou une oreille à vos parents pour leur prouver que vous êtes bien avec nous. (Il releva Jeanne d'un geste brutal et appuya la lame du couteau contre son cou, sans lâcher Jack du regard.) Alors, quel morceau j'expédie au courrier du soir ?
Jack hurla l'adresse e-mail de ses parents.
— J'étais sûr que ça stimulerait tes neurones. (Il fit un signe de tête à Nez Sanglant.) Sers-toi de l'ordinateur de la copine pour envoyer la photo.
Nez Sanglant repartit dans la chambre d'Hannah.
— Il reste encore un détail à régler, dit Coupe en Brosse. (Il retira une menotte à Jeanne, qu'il força à se rasseoir sur le canapé.) Tu vas écrire un mot à ta copine. (Il posa une feuille de papier et un stylo devant elle.) Tu lui expliques que vous avez eu un souci, une urgence, et que, ton frère et toi, vous êtes obligés de prendre le

premier vol pour retourner chez vos parents. Et t'as intérêt à être convaincante. Faudrait pas qu'elle ait des soupçons et qu'elle appelle les flics. (Il les enveloppa d'un sourire menaçant.) En clair, vos vies à tous les quatre dépendent du fait que les flics restent en dehors de cette histoire. On surveillera Hannah. Comme tu l'as dit, elle n'a rien à voir là-dedans. Alors, fais en sorte que ça continue.

Jeanne se mit à écrire.

Nez Sanglant revint.

– Ça y est ! La photo est partie.

– Parfait.

Jeanne termina la lettre et la poussa vers Coupe en Brosse. Celui-ci la lut attentivement.

– Ça devrait faire l'affaire ! Rattache-la et passe-leur les cagoules.

Nez Sanglant remit les menottes à Jeanne, puis la coiffa d'une cagoule noire.

Ensuite, Jack.

Noir total.

CHAPITRE 14

Alonzo passa toute la journée dans sa cellule à surveiller ses e-mails.
Le plan était compliqué. Mis sur pied à la hâte, il impliquait beaucoup de gens. Bien des choses pouvaient tourner mal. Raphaël supervisait l'ensemble des opérations, mais El Sereno et Zita Vega, les deux lieutenants en qui il avait le plus confiance, coordonnaient l'opération sur le sol américain.
Comme d'habitude, dès qu'il avait eu connaissance de l'endroit où se trouvaient les Osborne, Raphaël avait voulu sauter dans le premier avion pour Los Angeles et s'occuper, lui-même, des enfants. Et comme d'habitude,

Alonzo avait dû faire appel à toute son habileté pour réussir à convaincre son frère de ne pas bouger, soulignant qu'ils ne pouvaient pas prendre un tel risque.

Si je te perds, Raphaël, tout sera perdu, lui avait-il écrit. *C'est grâce à toi seul que notre organisation tient debout. Dans quelques jours a lieu le jamboree. Une réunion fondamentale où va se jouer l'avenir de notre groupe. Laisse Zita et El Sereno prendre ce risque. Ils sont remplaçables.*

Zita et El Sereno n'étaient pas remplaçables, mais ce petit mensonge avait été efficace. De mauvaise grâce, Raphaël avait accepté de rester en Argentine.

Alonzo aimait beaucoup son frère, mais il valait mieux qu'il reste au sud de la frontière. Raphaël avait passé peu de temps aux États-Unis et il avait toujours du mal à juger de la subtilité avec laquelle les affaires devaient se traiter dans ce pays. Deux ans plus tôt, il avait perdu son calme dans un restaurant à Houston, une bagarre avait éclaté, des coups de feu avaient été échangés. Un mandat d'arrêt était lancé contre lui, et si on l'interpellait aux États-Unis, il serait immédiatement écroué sans espoir de sortir.

Un nouvel e-mail apparut sur l'écran de l'ordinateur. Il venait d'El Sereno. Le texte était clair : *On les a.*

Alonzo ouvrit la pièce jointe et sourit en découvrant la photo qui montrait les deux enfants Osborne, terrorisés, assis sur un canapé. « Ça y est, je tiens Neil Osborne ! »

Il répondit d'un seul mot : *Poursuivez !*

CHAPITRE 15

– Pourquoi est-ce qu'elle ne répond pas ? se lamentait Mélanie, en faisant les cent pas dans le salon. Pourquoi elle n'appelle pas ? Ça ne lui ressemble pas. Il est arrivé quelque chose.

Robert Greene aussi était inquiet. Mélanie avait appelé Christine une douzaine de fois au cours des deux dernières heures.

– On attend encore deux heures, dit-il. Ensuite, j'appelle Doris. Ils enverront des gens du bureau de Los Angeles voir ce qui se passe.

– J'aurais dû rester là-bas jusqu'à l'arrivée de Mack, dit Mélanie, au bord des larmes.

Robert voulut la prendre dans ses bras, mais elle secoua la tête et s'écarta.

Le téléphone sonna. Mélanie bondit la main en avant, le nom de sa fille apparaissait sur le petit écran du récepteur.

— Christine ?

— Non, madame Osborne, ce n'est pas Christine, dit une voix d'homme avec un fort accent. D'ailleurs, Christine n'est pas le vrai nom de votre fille, *Patricia*. Passez-moi Neil !

Patricia posa sur son mari des yeux agrandis par la terreur.

— Décroche l'autre appareil !

Neil courut dans la cuisine et il revint avec le combiné sans fil collé si fort à son oreille qu'il en avait mal.

— Vous êtes là, Neil ?

— Oui.

Neil s'assit sur le bord du canapé.

— Vous savez qui parle ?

— El Sereno, répondit-il d'une voix calme. (Il avait reconnu « le Guetteur », les yeux et les oreilles d'Alonzo.) Où sont Jeanne et Jack ?

— En sécurité, dit El Sereno. Du moins, pour le moment. La suite des événements dépend entièrement de vous.

Patricia ne put retenir un sanglot douloureux.

Neil éprouvait le même désespoir, mais il s'appliquait de toutes ses forces à le contrôler.

— Comment être sûr qu'ils sont sains et saufs ?

— Consultez vos e-mails.

Patricia courut allumer l'ordinateur. Neil la rejoignit aussitôt. Il y eut quelques minutes d'attente frustrantes, le temps pour l'ordinateur de récupérer les mails. Elle ouvrit celui d'El Sereno. Aucun texte. Une simple photo. Jeanne et Jack, assis côte à côte, le regard terrifié.

— Vous les voyez ?
— C'est du sang sur le visage de Jack ? hurla Patricia.
— Exact, susurra El Sereno. Et il y en aura plus, si vous ne suivez pas nos ordres.
— Je veux leur parler, dit Neil.
— Non !
— Dans ce cas, j'appelle la police !
— Appelez-la, dit El Sereno. Et vous ne reverrez jamais vos enfants !
— Alonzo ne s'en tirera pas comme ça.
— Il n'a rien à craindre. Faites-moi confiance, aucun détail de cet enlèvement ne peut le mettre en cause. Il a le meilleur des alibis. Il est en prison. À moins que vous ne l'ayez oublié ?
— Je n'ai pas oublié, dit Neil. Qu'est-ce que vous voulez que je fasse ?
— Il y a trois conditions à leur libération, dit El Sereno. Primo, vous nous donnez des renseignements sur le dossier de l'accusation afin que nos avocats puissent préparer leur défense. Deuxio, vous changez votre déposition, mais

uniquement à la dernière minute. Pas avant d'être convoqué à la barre et pas avant d'en recevoir l'ordre. Ce point est fondamental. Ni vous ni Patricia ne devez dévoiler nos intentions. Nous ne voudrions pas que l'accusation ou la police ait une connaissance anticipée de ce changement. Pour que ça marche, il faut que ce soit une surprise totale.

– Vous voulez que je mente à la barre ! s'exclama Neil.

– Naturellement, confirma El Sereno. Vous endosserez toute la responsabilité. Vous auriez dû le faire dès le début, ça nous aurait évité toutes ces fausses notes.

– Et la troisième condition ? demanda Neil.

– La troisième condition, c'est ce fameux journal. Il nous le faut. Je suppose que vous ne l'avez pas remis à la police, n'est-ce pas ?

– Je l'ai toujours.

– Où est-il ?

– En lieu sûr.

– Ne jouez pas au plus fin avec moi, Neil.

– Ce n'est pas mon intention, se défendit Neil. Mais personne ne peut le récupérer pour le moment, ni vous ni moi. Je dirai tout ce que vous voulez au procès. Dès que cette affaire sera terminée – et que mes enfants seront vraiment en lieu sûr –, je vous remettrai le journal. Mais pas avant.

Un long silence suivit. Puis El Sereno reprit la parole.

– J'en parlerai à Alonzo. Mais que ce soit bien clair. La prochaine fois que je vous demande où se trouve ce journal, vous me le direz, sinon un de vos enfants sera exécuté.

Neil ne répondit rien, mais une voix à l'intérieur de lui hurlait : « Je vous en supplie, ne leur faites pas de mal. »

– Demain matin, continua El Sereno, vous recevrez un paquet. Il s'agit d'un petit ordinateur portable. Désormais, nous ne communiquerons plus par téléphone, mais par e-mail. Vous emporterez cet ordinateur quand vous serez enfermés, Patricia et vous, durant le procès. Cet ordinateur fonctionne sans fil et il est complètement sécurisé. Lorsque vous ouvrez un e-mail, vous avez très exactement dix minutes avant que le message ainsi que toute pièce jointe et l'adresse de réponse soient détruits définitivement. Vous êtes devant la photo de vos enfants ?

– Oui.

– Dans l'angle en bas à droite, il y a un cachet avec la date et l'heure. Afin de vous aider à rester dociles, nous vous enverrons une nouvelle photo, une ou deux fois par jour. Soyez vigilants.

L'image numérique de Jeanne et Jack s'effaça.

— Si vous nous trahissez encore une fois, Neil, vous risquez de ne pas apprécier la prochaine photo. Nous sommes bien d'accord ?

— Je ferai tout ce que vous voulez.

— Je vous en supplie, ne faites pas de mal à mes enfants, implora Patricia. Ils n'ont rien à voir avec tout ça.

— J'espère que ce ne sera pas nécessaire, dit El Sereno. Vous avez d'autres questions ?

— Comment nous avez-vous retrouvés ? demanda Patricia.

— Vous ne voyez vraiment pas ? (El Sereno ricana.) Votre fille est passée sur une chaîne nationale ce matin. Elle a été sélectionnée pour cette émission si populaire chez vous, « Stars d'Amérique ».

Patricia ferma les yeux.

4ᴇ JOUR
Le bunker

CHAPITRE 16

Jack et Jeanne furent jetés sans ménagement à l'arrière d'une camionnette.

Deux ou trois heures plus tard, la camionnette s'arrêta et ils furent conduits dans un immense hangar à avions – selon les déductions de Jack qui se fondait sur les bruits métalliques et les odeurs de fuel.

Il entendit Coupe en Brosse réclamer son argent, puis le grincement d'une fermeture Éclair comme si on ouvrait un sac de sport pour le refermer ensuite. Coupe en Brosse déclara que c'était un plaisir de bosser pour des gens comme eux, et la camionnette s'éloigna.

Une main frappa Jack à la tête en criant : « Silence ! », ce qu'il trouva particulièrement injuste puisqu'il n'avait pas dit un mot.

Puis il fut hissé sur un escalier assez raide, poussé le long d'un couloir et basculé dans un siège dont deux mains bouclèrent aussitôt la ceinture de sécurité.

Sa première pensée fut qu'ils avaient été séparés, Jeanne et lui, mais au moment où les moteurs se mirent à ronfler, elle l'appela.

– Jack !

Elle était quelque part derrière lui. Jack cria aussitôt qu'il était là – ce qui lui valut une nouvelle claque sur le crâne. Mais ça en valait la peine.

L'avion décolla.

***

Jack était fatigué, furieux, et il avait faim. Sa ceinture de sécurité était trop serrée et ses mains engourdies. Mais surtout il avait peur. Par intervalles, il entendait Jeanne gémir.

Pour tenter de retrouver son calme, il s'efforça de considérer la situation avec objectivité. À part le coup de poing qu'il avait reçu à l'estomac et les deux claques sur la tête, Jeanne et lui n'avaient pas été maltraités. C'était plutôt bon signe. Le fait que les types aient pris une photo d'eux pour l'envoyer à leurs parents signifiait aussi qu'ils attendaient quelque chose. Quelque chose ayant un lien avec le procès d'Alonzo, sans doute.

À son avis, Neil et Patricia ne préviendraient pas les fédéraux que leurs enfants avaient été kidnappés. Et même s'ils les prévenaient, jamais les fédéraux ne réussiraient à les retrouver. À cause de la cagoule qui le maintenait dans le noir, Jack avait du mal à estimer combien de temps s'était écoulé depuis le décollage – sans doute cinq ou six heures, si on tenait compte aussi d'une courte escale pour prendre du fuel.

De toute façon, le temps de vol était suffisant pour qu'ils aient quitté le territoire américain, en admettant qu'ils aient pris la direction du sud. Suffisant aussi pour que Jack ait envie d'aller aux toilettes.

— Eh! cria-t-il. Il faut que je pisse!

Cinq secondes plus tard, la main le frappait.

— Vous pouvez cogner autant que vous voulez, mais ça réglera pas la question. Je ferai sur le siège, si c'est ce que vous voulez.

Il s'attendait à un autre coup, qui ne vint pas.

Des mains détachèrent la ceinture – déjà un soulagement en soi –, puis il fut brutalement remis sur ses pieds et poussé le long du couloir jusqu'aux toilettes. Son guide le bouscula sans ménagement à l'intérieur, refermant la porte sur lui. Mais ça ne l'aidait pas beaucoup...

— Cognez-moi encore si vous voulez, hurla Jack. Mais je peux toujours rien faire !

La porte se rouvrit. Une respiration puissante, agressive, résonna à son oreille. Un court et abominable instant, il crut qu'il s'agissait de Nez Sanglant.

— Excusez-moi, dit Jack d'un ton plus doux. J'y vois rien. Et avec les mains attachées dans le dos, je peux pas faire ce que j'ai à faire.

Encore cette effrayante respiration, puis un juron furieux. Puis clac ! ses mains furent détachées. Et la cagoule arrachée – avec une mèche de cheveux ! La lumière le fit cligner des yeux, il tourna la tête vers son ravisseur et recula sous le choc...

Une femme lui faisait face, un cran d'arrêt à la main. Elle était très grande, les cheveux coupés court, rouges et coiffés en piques, portait un jean aussi collant qu'une seconde peau et un débardeur noir et avait des biceps plus musclés que les siens.

— T'as un problème ?

C'était la même voix qui lui avait crié : « Silence ! » dans le hangar. Une voix plus grave que la sienne.

— Non, bredouilla-t-il. Non. Aucun problème.

Elle lui décocha un regard inquiétant. Il n'avait jamais vu des yeux pareils. Des iris jaunes avec des pupilles en amande, comme les yeux d'un serpent. Il n'aurait pas été surpris qu'elle lui siffle au visage.
— Allez, grouille-toi maintenant !
Elle claqua la porte.
Il s'écoula près de trois minutes avant que ses mains retrouvent leur mobilité. Ensuite, il se regarda dans la glace – il aurait mieux fait de s'abstenir ! Un énorme hématome et une tache de sang séché lui barraient le front, à cause du coup de boule qu'il avait donné au type à qui il avait cassé le nez. Il se rinça le visage et but quatre verres d'eau au robinet du lavabo.
Œil de Serpent était juste derrière la porte. Sans lui remettre les menottes ni la cagoule, elle le poussa devant elle le long du couloir et lui désigna un siège quelques rangs derrière Jeanne. Il s'était à peine assis qu'elle avait déjà passé une menotte autour de son poignet droit et attaché l'autre à l'accoudoir du siège.
— Si tu dis un mot, prévint-elle, je te remets la cagoule.
Il aurait bien voulu lui demander qui elle était et où ils allaient, mais il préféra se taire. Œil de Serpent n'était visiblement pas le genre de fille à vous donner une seconde chance.

Elle se dirigea vers Jeanne.
— À toi !
Quand Œil de Serpent revint avec Jeanne, elle la fit asseoir près de Jack, sur le siège voisin de l'autre côté de l'allée. Elle attacha une menotte à l'accoudoir gauche, prit une photo du frère et de la sœur, puis retourna vers la cabine avant, sans doute pour l'envoyer à leurs parents.
— Pardon, murmura Jeanne.
Jack posa un doigt sur ses lèvres en hochant la tête. Il n'avait pas envie qu'Œil de Serpent lui remette la cagoule. Il consulta sa montre, puis regarda par le hublot. Sur la gauche de l'appareil, le soleil se levait. Au-dessous d'eux, un long ruban bleu s'étirait à l'infini, sans doute l'océan Pacifique. La terre était trop éloignée pour que Jack la discerne avec précision, mais il estima qu'ils se trouvaient au-dessus de la côte ouest de l'Amérique centrale ou de l'Amérique du Sud.
À l'autre bout de l'allée centrale, Œil de Serpent réapparut. Allongeant le cou, Jack la vit disparaître dans les toilettes.
— Tu n'as pas à t'excuser... murmura Jack.
Jeanne ne l'entendit pas. Elle avait incliné le dossier de son siège et dormait à poings fermés.

CHAPITRE 17

Neil et Patricia passèrent toute la nuit à réfléchir. Au lever du jour, ils n'avaient toujours pas décidé de la marche à suivre.

Épuisée de fatigue et d'inquiétude, Patricia se leva du canapé.

– Je n'arrive plus à penser. Je vais essayer de dormir.

– Bonne idée, dit Neil. De toute façon, on ne peut rien faire avant la livraison de cet ordinateur.

Neil était épuisé, lui aussi, mais il se sentait incapable de dormir. Il enfila un survêtement et sortit dans l'air humide du petit matin. D'habitude, il courait de la maison jusqu'au port de

Manteo et retour. Mais ce matin-là, il préféra se diriger vers l'ouest, traverser Lost Colony[1] et le pont qui enjambait Alligator River, pour gagner le refuge du Parc national. Il avait décidé de prendre cette direction plutôt que celle du port pour sa sécurité. Les nombreux chemins de terre qui tissaient leur toile autour du refuge étaient rarement fréquentés. Si les hommes d'Alonzo ou les fédéraux étaient en planque dans ce coin-là, Neil pourrait facilement les repérer.

Courir lui apporta un peu de sérénité et l'aida à réfléchir plus posément. La solution la plus évidente était d'obéir aux ordres – de donner le journal, de transmettre les renseignements contenus dans le dossier de l'accusation aux avocats d'Alonzo et de changer son témoignage. Neil irait en prison – ce qu'il était tout à fait prêt à accepter, à condition d'avoir l'absolue certitude que Jeanne et Jack seraient libérés sains et saufs. Mais quelles garanties pouvait-il avoir qu'Alonzo honorerait sa part du contrat ?

Jetant un œil à sa montre, Neil fut étonné de constater qu'il courait depuis presque une heure. Il n'avait pas croisé une seule voiture depuis son arrivée au refuge. Afin de s'assurer

---

1. Hameau fondé par les premiers colons anglais débarqués sur les côtes de Caroline du Nord, à la fin du XVIe siècle, avec le navigateur sir Walter Raleigh. (N.d.T.)

que personne ne l'avait suivi, il trottina jusqu'à un arbre qu'il avait remarqué la dernière fois. Dissimulée dans les branches les plus élevées, il y avait une plate-forme d'observation pour la chasse au cerf. Il y grimpa et de là-haut, tout en scrutant les environs, il réfléchit aux différentes alternatives qui s'offraient à lui.

L'autre solution était de parler aux fédéraux, de leur raconter ce qui était arrivé. Patricia et lui en avaient longuement discuté, mais ce n'était plus vraiment d'actualité. Neil était convaincu que Jack et Jeanne avaient quitté le territoire fédéral. Si c'était le cas, il faudrait aux différentes structures policières des semaines pour organiser une opération de secours. Et alors, il serait trop tard. Il y avait une troisième voie, dont il n'avait pas discuté avec Patricia parce qu'elle était trop risquée. Pourtant, c'était peut-être leur seule chance.

***

Neil arriva devant chez lui au moment où une camionnette de livraison se garait le long du trottoir. Le chauffeur lui remit le petit paquet en main propre.

Neil eut la surprise de trouver Patricia éveillée, assise à la table de la cuisine en train de boire un café.

Il lui tendit le paquet.

Aucun message n'accompagnait l'ordinateur, juste une photo. Jack semblait en meilleur état que sur la photo précédente, bien qu'il ait toujours un vilain hématome au front. Jeanne était échevelée mais ne semblait pas blessée.

– Ils sont dans un avion, dit Neil. Regarde les sièges derrière eux. (Il hésita un instant.) J'ai décidé de ne pas obéir à Alonzo et de ne pas changer mon témoignage.

Patricia soupira avec résignation comme si elle s'était attendue à cette décision.

– Je ne préviendrai pas non plus les fédéraux que nos enfants ont été kidnappés. De toute façon, ils n'ont pas le temps de mettre sur pied une opération de secours.

– Tu as parfaitement raison, dit Patricia, très calme.

Il ne s'était pas du tout attendu à cette réaction.

– Il faut que je disparaisse avant que Doris et Don découvrent la prestation télévisée de Jeanne. Dès qu'ils seront au courant, ils viendront ici nous récupérer pour nous mettre en lieu sûr. Comment pourrais-je sauver nos enfants, enfermé dans une chambre d'hôtel!

– Parce que tu envisages d'aller à leur recherche ?

– Oui.

– C'est exactement ce que Sam m'a dit.
– Sam ? Sam Sebesta ? s'étonna Neil.
– Il a téléphoné quelques minutes après ton départ.
– Depuis quand connaît-il notre numéro de téléphone ?
– Je ne sais pas, je ne lui ai pas demandé. Il a entendu parler de la prestation de Jeanne. Il veut qu'on le rejoigne à Elko. Si on part tout de suite pour l'aéroport, on a des chances d'arriver là-bas ce soir.
– À Elko... ?

Aller à Elko ne cadrait pas vraiment avec le plan que Neil avait en tête.

– Il veut nous aider, dit Patricia. Tu ne peux pas réussir tout seul, Neil.
– Et il compte s'y prendre comment ?
– Pour commencer, il va empêcher les fédéraux de venir nous chercher. D'après lui, Alonzo a des indics dans tous les services de police. Dès qu'on aura disparu, Alonzo en déduira facilement qu'on est partis à la recherche des enfants.
– « On » ? demanda Neil. Il est hors de question que tu m'accompagnes.
– Ce sont aussi mes enfants !
– C'est trop dangereux, Pat. Tu ne les connais pas, tu ne sais pas de quoi ces types sont capables.

— Je pars avec toi, dit-elle. Fin de la discussion !

Patricia se dirigea vers la chambre et réapparut, un sac de voyage dans chaque main.

— Allons chercher nos enfants !

Neil ne put réprimer un sourire. Patricia avait une longueur d'avance sur lui, comme toujours. Elle l'accompagnerait, qu'il soit d'accord ou pas. Fin de la discussion ! Son téléphone portable sonna. Il répondit et, pour la dernière fois, il répéta les mots que l'ordinateur lui transmettait. Après, il le déconnecta.

— Terminé ! Je n'en ai plus besoin ! (Neil plaça le téléphone bien en vue sur la table de la cuisine.) Allons-y !

— Il y a un avion pour Salt Lake City dans quatre heures, dit Patricia. De là-bas, on peut attraper la correspondance pour Elko. Il faudra seulement que je trouve le temps de me teindre les cheveux. Sam a dit que...

— Juste une seconde ! intervint Neil. Moi aussi, j'ai mon idée sur la question. La première chose à faire, c'est de voler un avion. Je connais un trafiquant de drogues complètement paranoïaque qui possède une douzaine de zincs aux États-Unis et en Amérique latine, prêts à décoller en urgence. Le plus proche se trouve à quelques kilomètres de l'aéroport de Dallas.

— Et ensuite ?

— Ensuite... Eh bien, disons qu'on filera voir Sam à Elko.

Une fois sur place, Neil espérait bien qu'il saurait la convaincre de rester là-bas, ainsi que Sam. C'était le lieu idéal pour rester caché jusqu'à ce que l'affaire soit classée.

— À propos, c'est quoi, cette histoire de teinture de cheveux ?

— Une idée de Sam. Personne ne te connaît à Elko ; moi, en revanche, oui ! Il a pensé que ce serait une bonne idée que je change de look. (Elle se regarda dans la glace.) Ça tombe bien d'ailleurs, parce que j'avais justement envie de changer de couleur ! Qu'est-ce que tu dirais d'une belle brune aux cheveux courts ?

— Que je l'aime, qu'elle soit blonde ou brune, les cheveux courts ou longs ! répondit Neil. Allez, on file !

CHAPITRE 18

Jeanne passa presque tout le voyage à dormir. Au fond, ce n'était pas plus mal, ça lui évitait de se ronger les sangs. En revanche, Œil de Serpent, leur diabolique hôtesse de l'air, ne ferma pas l'œil un instant. Elle resta vautrée dans un siège, cinq rangées plus loin, plongée dans la lecture d'une feuille de chou.

Quand Jack était petit, un de ses jeux favoris s'appelait : « Devine dans quel pays du monde est papa ? » Sur un mur de sa chambre, il avait épinglé un planisphère sur lequel il avait tracé avec des fils de Nylon de différentes couleurs tout un réseau d'itinéraires. Lorsque son père l'appelait pour lui demander : « Devine dans quel pays je suis, p'tit Jack ? », à l'aide d'une montre et des horaires d'avions, Jack réussissait presque chaque fois à deviner l'endroit exact où son père se trouvait. Aujourd'hui, il s'agissait d'un nouveau jeu, intitulé : « Dans quel pays du monde se cachent Jeanne et Jack ? »

Il savait qu'Alonzo était originaire de Bogota, mais il n'avait pas l'impression qu'ils prenaient cette direction. D'après ses estimations, ils avaient largement dépassé la Colombie.

Le jet s'inclina brutalement vers l'est, vers la cordillère des Andes. Jeanne se réveilla. Elle écarquilla les yeux à plusieurs reprises avant de comprendre où elle était ; elle ne put retenir un gémissement. Jack lui adressa un sourire qui se voulait rassurant, mais qui n'eut pas l'effet désiré. Elle commença à pleurer silencieusement.

Jack ne supportait pas de voir pleurer sa sœur – ni qui que ce soit, d'ailleurs. Il tourna la tête vers le hublot, s'efforçant de se concentrer sur le magnifique paysage montagneux qui s'étirait à l'infini du nord au sud.

Sur l'autre flanc du massif, l'avion entreprit une descente à vous éclater les tympans avant de se stabiliser au-dessus d'une région de collines agricoles. Jack essayait de comprendre où ils se trouvaient. Ni forêt tropicale ni canopée, ce n'était donc ni l'Équateur ni le Pérou. Restait l'Argentine.

Ils survolèrent une ville. Il fouilla sa mémoire. Le seul nom de ville dont il se souvenait, c'était Buenos Aires, mais celle qu'il apercevait était trop petite, et trop à l'ouest.

Le jet s'engagea dans une vallée évasée et verdoyante débouchant, un peu plus loin, sur un vaste plan d'eau, longé sur un côté par une piste grossièrement goudronnée. Les trains d'atterrissage se déplièrent et, quelques instants plus tard, l'appareil se posa, roulant lentement jusqu'à son point de stationnement.

Au moment où Œil de Serpent détacha ses menottes, Jack éprouva une envie folle de lui flanquer un crochet à l'estomac et de se ruer vers la sortie. Mais une fois dehors, où irait-il ? Et puis, il y avait Jeanne. Il ne pouvait tout de même pas l'abandonner.

Comme si elle lisait dans ses pensées, Œil de Serpent le fixa de son regard jaune.

— Ne t'avise pas de t'enfuir. On n'a pas besoin de vous garder en vie, tous les deux. Pour tout te dire, si l'un de vous était mort, ce serait même plus simple.

Elle les attacha ensemble et les poussa sans ménagement vers la porte.

Le jet était stationné en bout de piste. Au pied de la passerelle, une camionnette les attendait, le haillon arrière grand ouvert. Œil de Serpent y jeta leurs sacs de voyage, comme s'ils avaient été vides. Au-dessus du toit du hangar, situé à l'autre extrémité de la piste, Jack aperçut un grand panneau.

Sans lui laisser le temps de poursuivre ses observations, Œil de Serpent les fit monter à l'arrière de la camionnette sans fenêtre, et referma le haillon d'un coup sec. Tandis que la camionnette démarrait, ils entendirent les moteurs de l'avion se remettre en route.

– À ton avis, on est où ? demanda Jeanne.
– Dans la propriété viticole d'Aznar, dit Jack. À Mendoza, en Argentine.
– Tu veux dire en Amérique du Sud ?
– À moins qu'on ait changé l'Argentine de continent !
– C'est pas drôle, Jack. Et comment tu le sais ?
– C'était écrit sur le panneau au-dessus du hangar.
– Alonzo a des vignes ?
– Faut croire.
– Et cette femme, c'est qui ?
– Œil de Serpent ? J'en sais rien. En tout cas, elle est terrifiante !
– Elle a des lentilles de contact, dit Jeanne.
– Quelle drôle d'idée ! Pour quoi faire ?
– Se donner un genre.

— Le genre film d'horreur !

À peine cinq minutes plus tard, la camionnette ralentit, puis s'arrêta. Tout en donnant des ordres en espagnol dans un talkie, Œil de Serpent ouvrit le haillon arrière. À la fin de sa conversation, elle accrocha l'émetteur à sa ceinture avant de lancer :

— Prenez vos bagages !

Plus facile à dire qu'à faire quand on a des menottes... Porter des sacs allait relever de l'exploit !

La camionnette était garée devant une construction qui, d'après sa forme et les effluves qui s'en échappaient, faisait penser à des écuries. Œil de Serpent montra une petite porte.

— Entrez là !
— C'est quoi ? demanda Jeanne.
— Silence !

Tandis qu'ils s'escrimaient à marcher avec leurs bagages, la camionnette s'éloigna. À l'intérieur de la bâtisse, une quinzaine de box, dont la plupart étaient vides, s'alignaient de part et d'autre d'une allée centrale. En dehors d'Œil de Serpent, il n'y avait pas âme qui vive. Elle leur fit signe de s'arrêter devant le box d'un étalon noir.

Au-dessus de l'entrée, un panneau indiquait le nom de l'animal : *Diablo*. Les notions d'espagnol de Jack, même vagues, étaient toutefois suffisantes pour savoir que *Diablo* voulait dire « Diable ».

— Du calme ! lança Œil de Serpent à l'adresse du cheval, tout en saisissant un licou suspendu à un crochet près de la porte. Il n'aime que Raphaël.

« C'est qui ce Raphaël ? » se demanda Jack, sans oser poser directement la question.

— Il n'aime pas non plus les enfants, ajouta-t-elle.

Il ne semblait pas non plus apprécier Œil de Serpent. Jack et sa sœur reculèrent de quelques pas pour observer l'animal, tandis qu'elle essayait de lui passer le licou. Diablo s'agitait dans tous les sens, bottant, ruant, cherchant à mordre. Jack l'applaudissait en silence, espérant qu'il finirait par la piétiner, mais la lutte était inégale et Œil de Serpent aussi rapide que l'éclair ; l'animal se retrouva prisonnier en moins d'une minute.

Elle sortit Diablo du box et alla l'attacher dans l'allée centrale.

— Ramassez vos sacs et entrez là !
— Vous vous fichez de nous ! s'exclama Jeanne.

La soudaine réaction de Jeanne prit Œil de Serpent de court. Jack, non. Il n'avait pas eu de chien dans son enfance, justement parce que sa sœur avait un dégoût profond pour les animaux et les saletés qu'ils laissent partout. La moindre petite crotte de souris la rendait littéralement hystérique ; elle accourait tout de suite avec des gants de caoutchouc et la bouteille de javel. Le box de Diablo était plutôt propre, malgré un modeste tas de crottin dans un coin, mais pour Jeanne, c'était un tas de trop.

— Entrez dans ce box ! répéta Œil de Serpent, saisissant une cravache accrochée au mur.

— Tu ferais mieux d'obéir, suggéra Jack.

Jeanne secoua la tête.

— J'en ai ras le bol de cette histoire !

Jack aussi en avait assez, mais il pensait que le moment était mal choisi pour faire de la résistance...

Œil de Serpent s'avança vers eux, la cravache dressée.

— Tu veux que j'arrange ton joli minois ? s'exclama-t-elle.

C'était bien le seul argument capable de faire changer sa sœur d'avis.

Le sourire vicieux dont elle enveloppa Jeanne quand celle-ci pénétra dans le box, inquiéta Jack. Elle ne souriait pas parce que Jeanne avait obéi, elle souriait parce qu'elle venait de mettre le doigt sur les deux plus grandes phobies de sa sœur, l'angoisse de la crasse et celle d'être défigurée. Œil de Serpent savait comment la dompter à présent.

Or Jeanne lui avait fourni ces deux informations bien inutilement, car ils ne firent que traverser le box en direction d'une porte – qui s'ouvrait sur un escalier dérobé. Œil de Serpent détacha leurs menottes et les poussa vers le passage.

Jack et Jeanne descendirent péniblement leurs bagages jusqu'au bas des marches. Là, un petit couloir aboutissait à une autre porte, qui, Jack en était certain, cachait une chambre de torture sophistiquée.

Œil de Serpent tira de sa poche un trousseau de clefs. Elle ouvrit la porte, poussa Jack et Jeanne à l'intérieur et claqua la porte derrière eux. La clef grinça. Ils étaient enfermés.

Ce n'était pas une chambre de torture, mais un petit appartement tout équipé : un salon avec un canapé et deux fauteuils confortables, des étagères où s'empilaient des livres, des DVD, des cassettes vidéo, et, dans un coin, une télévision avec écran panoramique, ainsi qu'une chaîne hi-fi ; une cuisine dont les placards recelaient un riche assortiment de provisions ; deux chambres à coucher ; un bar rempli de boissons ; une buanderie avec machine à laver et sèche-linge ; enfin, une grande salle de bains que Jack utilisa sans attendre.

Quand il revint dans le salon, Jeanne était en train de regarder les DVD et les cassettes.

– Il n'y a que des vieux westerns.

Les livres, aussi. Rien que des histoires de cow-boys. D'ailleurs, l'ensemble des pièces était décoré dans un style western, y compris le canapé et les fauteuils, recouverts en vachette.

– Comme prison y a pire, admit Jeanne. Tu crois qu'ils vont nous garder ici longtemps ?

Jack haussa les épaules.

– À ton avis, qu'est-ce que maman et papa vont faire ? demanda encore Jeanne.

Jack se contenta à nouveau de hausser les épaules.

– Je ne comprends pas, qu'est-ce qu'ils nous veulent ?

– Ce qu'ils veulent depuis le début. Que papa fasse machine arrière, dit Jack. Et ils se servent de nous pour l'y obliger.

– Et, à ton avis, il obéira ?

– Évidemment, affirma-t-il d'une voix qu'il voulait assurée.

– Et après, ils nous relâcheront ? demanda Jeanne.

Jack l'espérait.

Cet endroit sentait la mort, comme s'ils avaient été enterrés vivants. Le plus inquiétant, c'était qu'en dehors d'Œil de Serpent ils n'avaient vu personne depuis leur départ. Ni le pilote de l'avion, ni le chauffeur de la camionnette, ni les palefreniers dans l'écurie. Personne ne savait qu'ils étaient ici.

– Tu penses à quoi ? demanda Jeanne.

Ce n'était pas le moment de partager ses inquiétudes avec sa sœur. Pas encore.

– Je pense que je meurs de faim et que je suis crevé, se contenta-t-il de répondre.

Jeanne réchauffa deux conserves de ragoût que Jack dévora à belles dents. Après le repas, il partit dans une chambre s'effondrer sur un lit et, la tête à peine posée sur l'oreiller, il s'endormit.

* * *

Six heures plus tard, la lumière et une paire de gifles le tirèrent brutalement de son sommeil. Œil de Serpent le redressa sur ses jambes en le tirant par les cheveux et lui bloqua un bras derrière le dos sans même lui laisser le temps de retrouver ses esprits.

– C'est pas la peine de...
– Tu la boucles !

Elle resserra la pression sur son bras, et le tirant par les cheveux, elle l'entraîna dans le salon, vêtu simplement de son caleçon.

Avant cette démonstration de force, Jack avait caressé l'idée qu'il pourrait la dominer. Ça ne semblait plus d'actualité.

Elle le bascula sur le canapé à côté de Jeanne et prit une photo.

— Je reviendrai dans douze heures en prendre une autre. Vous avez intérêt à être prêts !

Elle quitta la pièce au pas de charge, claquant la porte derrière elle.

— Ça va ? demanda Jeanne.
— Je crois.

Jack courut dans la chambre chercher son pantalon et il ajouta :

— T'aurais pu me prévenir !
— Parce que tu crois que, *elle*, elle m'a prévenue ! Elle a déboulé comme une furie, elle m'a hurlé de ne pas bouger et, une seconde plus tard, elle est revenue avec toi ! Cet endroit doit être insonorisé, je n'ai pas entendu le moindre bruit de pas avant qu'elle pousse la porte.

— Insonorisé, tu dis ?

Jeanne hocha la tête, puis elle fronça les sourcils, prise d'un doute.

— Tu penses à quoi ?
— Tu crois que son talkie fonctionne ici ?
— Ça m'étonnerait. Pourquoi ?
— Comme ça, répondit Jack, d'un air songeur. On devrait peut-être chercher un moyen de sortir d'ici...
— Et pour aller où ? renâcla Jeanne.
— À Mendoza. On trouvera bien quelqu'un là-bas pour nous aider.

Jeanne agita la tête.

— Trop risqué. Et puis, au fond, on n'est pas si mal ici. On n'est pas vraiment maltraités.
— Pas encore... fit Jack en frottant son bras douloureux.

CHAPITRE 19

Neil et Patricia traversèrent l'aérogare de Dallas au pas de course et prirent un taxi pour se rendre à un petit aéroport privé, à quelques kilomètres de là.
– Et si son jet n'est pas là ? chuchota Patricia afin que le chauffeur n'entende pas.
– Il y aura au minimum un petit avion et un hélicoptère. Tous les hangars d'Alonzo sont organisés suivant le même schéma. Il aime avoir plusieurs options. Il a toujours un plan de repli en cas d'urgence. Si le jet n'est pas là, on filera jusqu'au hangar suivant. On trouvera forcément notre bonheur dans un des hangars.
– Combien de pilotes travaillent pour Alonzo ?

— Depuis qu'il est en prison, je ne sais pas. Mais à l'époque où je volais pour lui, il avait dix pilotes joignables par téléphone vingt-quatre heures sur vingt-quatre et trois mécaniciens à plein temps pour s'occuper des zincs.

Le taxi s'arrêta devant un vaste hangar, en bout de piste. Neil régla la course et conduisit Patricia à l'arrière du bâtiment. Il tapa un numéro de code sur le clavier, poussa la porte et alluma. À l'intérieur se trouvaient trois appareils, un petit bimoteur, un hélicoptère et la silhouette élancée d'un Lear jet.

— Comment se fait-il qu'on ne lui ait pas confisqué ces appareils lors de son arrestation ? demanda Patricia.

Lorsque Neil avait été arrêté, la Brigade des stupéfiants avait fait main basse sur tous les biens des Osborne, y compris leur maison et leurs voitures.

— Ils ignorent qu'il possède ces avions.
— Je croyais que tu leur avais dit...
— Pas tout. Je ne leur ai pas *tout* dit, interrompit Neil. Une roue de secours... Je leur donnerai le reste une fois que nous aurons récupéré Jack et Jeanne.
— Tu veux parler du journal...
— Oui. Tout est dedans. Mais je ne leur donnerai pas avant que nous soyons tous hors de danger.

– Tu crois vraiment que ça arrivera un jour ?
– Je l'espère. (Il désigna une porte au fond du hangar.) Tu trouveras des toilettes et des douches derrière cette porte. Pendant que tu procèdes à ta petite métamorphose, je vais préparer l'avion pour le décollage et établir le plan de vol.

Quand Patricia réapparut, elle ne ressemblait plus ni à Mélanie Greene, ni à Mary Granger, ni même à Patricia Osborne.

– Waouh ! s'exclama Neil.

– Dois-je prendre ça comme un compliment ?

– Absolument. Et un grand. À mon avis, personne ne risque de te reconnaître à Elko.

CHAPITRE 20

L'agent fédéral Doris Welty avait passé un exécrable après-midi et la soirée s'annonçait pire encore.

Tout avait commencé juste après le déjeuner par le coup de fil d'un journaliste, habitant la ville d'où les Osborne étaient originaires. Il voulait savoir pourquoi Jeanne Osborne s'appelait maintenant Christine Greene. Pendant une heure, Doris avait essayé de le convaincre de ne pas publier son article. Il avait fini par capituler lorsqu'elle lui avait dit qu'il serait tenu pour unique responsable des risques mortels courus par les Greene s'il révélait leur véritable identité.

Elle avait récupéré une copie de la vidéo de l'audition de Jeanne et obligé Donald, furieux, à interrompre ses vacances.

Ensemble, ils avaient visionné la cassette, effondrés par ce qu'ils voyaient.

– Mais à quoi est-ce qu'elle pense ? hurla Don.

– Elle pense qu'elle a une voix magnifique, tout simplement, et une vraie chance de devenir la prochaine vedette de «Stars d'Amérique», dit Doris. C'est une formidable erreur, mais après tout, elle n'a que dix-huit ans.

Cette dernière réflexion ne réussit pas à calmer son collègue.

– Les Greene sont finis ! dit-il. Il va encore falloir les déménager, et changer leur identité. Bref, tout est à recommencer !

– Les Greene ont peut-être déjà disparu, dit Doris.

– Qu'est-ce que tu racontes ?

– Robert n'a pas répondu aux trois derniers appels de l'ordinateur.

– Où se trouve son portable ?

– Chez lui, d'après le signal émetteur. Mais il ne répond pas davantage sur la ligne directe.

Don lâcha un juron.

– Il y a environ une heure, j'ai demandé à un flic du district d'aller faire un tour chez eux, continua Doris. Personne ne lui a ouvert, mais, d'après lui, il y avait de la lumière et la camionnette de Robert était garée devant la maison.

Don s'effondra sur une chaise, la tête dans les mains.

— Je crains qu'il y ait encore pire, ajouta Doris.

Don redressa la tête.

— Quoi ?

— J'ai appelé les enfants à Los Angeles et j'ai parlé avec Hannah, la colocataire de Christine. Je me suis fait passer pour une des productrices de «Stars d'Amérique». Elle m'a raconté qu'hier soir elle a pris un vol pour Vancouver. On l'avait appelée pour aller tourner une pub là-bas. En fait, cette histoire était bidon — arrivée sur place, elle n'a vu ni équipe, ni caméra, ni metteur en scène. Rien. Elle a passé la nuit sur une banquette à l'aéroport. Et à son retour à Los Angeles, cet après-midi, elle a trouvé un mot de Christine lui annonçant que Mack et elle avaient dû partir en urgence rejoindre leurs parents.

— Christine s'est peut-être rendu compte de sa folie, avança Don.

— À moins qu'Alonzo n'ait vu en direct l'émission qu'on vient de visionner et qu'il ait envoyé des hommes à lui pour kidnapper les mômes.

— Si c'est le cas, il n'a pas perdu de temps, conclut Don en commençant à faire les cent pas. Il faut placer Hannah sous surveillance, au cas où Alonzo enverrait quelqu'un « terminer le travail ».

— J'en ai déjà parlé au bureau de Los Angeles, dit Doris. Ils surveillent la maison.

— Est-ce qu'on a interrogé Alonzo à ce sujet ?

Doris hocha la tête.

— J'en ai discuté avec l'agent Pelton et avec le procureur. Pour le moment, ils préfèrent garder l'histoire au chaud. Imaginons que cette disparition n'ait rien à voir avec Alonzo, et qu'en fait les Osborne aient tout simplement décidé de prendre le large parce qu'ils en avaient marre, l'accusation ne veut pas qu'Alonzo et ses avocats véreux découvrent que le principal témoin a quitté le nid !

— Ça se tient, dit Don. Et nous, qu'est-ce qu'on fait, alors ?

— On prend le premier vol pour Manteo, on fouille la maison et on essaie de comprendre ce qui s'est réellement passé.

— On peut aussi envisager que les gosses, pris de panique, aient embarqué sur le premier avion pour rentrer chez eux et que les parents soient en route vers l'aéroport pour les récupérer, avança Don en dernier ressort. Dans leur précipitation, Robert aura oublié son portable chez lui...

Doris le dévisagea d'un air sceptique.

– Peu importe ! Même s'ils sont à Manteo, dit-elle, nous devons aller les voir et trouver une solution pour les sortir de ce pétrin.

CHAPITRE 21

Peu après six heures du soir, Patricia et Neil atterrirent à Elko. Un taxi les conduisit à l'hôtel Nevada où demeurait Sam Sebesta. Ils montèrent au troisième étage et frappèrent à sa porte. Personne ne répondit.

– Il doit être en bas en train de dîner avec les autres pensionnaires.

Neil jeta un coup d'œil à sa montre.

– Attendons-le. Je préfère ne pas l'aborder devant d'autres gens.

– On pourrait aller dîner, nous aussi, proposa Patricia. Toi, je ne sais pas, mais, moi, je meurs de faim !

– Pourquoi pas, répondit Neil.

Le restaurant se trouvait au premier étage de l'hôtel et, comme d'habitude, il était bondé. Une serveuse leur dit qu'il faudrait attendre de dix à quinze minutes avant d'avoir une table. Ils passèrent au bar, voisin de la salle à manger, plein à craquer lui aussi.

Patricia aperçut quelques visages familiers, mais personne ne parut la reconnaître. Après tout, les Granger n'avaient vécu que quelques mois à Elko avant qu'Alonzo ne les retrouve ; cependant, elle était certaine qu'après leur départ ils avaient servi de sujet de conversation à toute la ville plusieurs semaines durant.

L'hôtel et le restaurant appartenaient aux parents de Cataline Cristobal et ils en étaient également les gérants.

— Voici Cataline, chuchota Patricia en lui désignant une jeune fille aux longs cheveux bruns, qui apportait un plat de viande fumant dans la salle.

— Jolie fille, commenta Neil. Je comprends que Jack ait du mal à l'oublier.

Un voile de tristesse assombrit le visage de Patricia.

— C'est précisément ce que je trouve atroce dans notre situation ; que Jack et Jeanne n'aient pas le droit de poursuivre leurs rêves ou leurs envies, comme tous les jeunes de leur âge. La décision la plus simple doit être analysée à la loupe pour être sûr qu'elle ne présente aucun risque pour notre famille ou notre entourage. C'est trop injuste.

— Dès qu'on aura retrouvé Jeanne et Jack — et je te jure qu'on va les retrouver —, nous redeviendrons les Osborne.

— Comment ?

— Je ne sais pas encore, mais je refuse que les enfants et toi vous passiez le restant de vos jours sur le qui-vive à cause de mes erreurs passées. D'une façon ou d'une autre, il faut que ça cesse.

Patricia allait lui demander de préciser sa pensée, mais la mère de Cataline vint leur annoncer que leur table était prête.

Dans la salle à manger, Sam était assis au bout de la longue table d'hôte. Et, installé juste à côté de lui, Smitty. Neil se tourna vers Patricia, l'air perplexe.

— C'est moi qui l'ai appelé, chuchota-t-elle, tout en l'entraînant vers leur table.

Une fois assis, Neil regarda encore en direction de Sam et Smitty qui, eux, ne semblaient pas l'avoir remarqué.

— Qui d'autre as-tu appelé ? demanda-t-il calmement.

— Juste Smitty, dit Patricia. Il partait dans le nord de l'État de New York transporter une cargaison quand je l'ai appelé. Il a dû annuler son voyage pour nous rejoindre...

A priori, Neil n'aurait jamais embarqué Smitty dans une aventure pareille, n'empêche qu'il était bougrement content de le voir. Non seulement Smitty était le meilleur agent des commandos d'élite avec qui il ait jamais fait équipe, mais il était aussi le pilote le mieux qualifié pour piloter le Lear jet qu'il avait subtilisé et qui les attendait à l'aéroport d'Elko.
— Qu'est-ce qu'il a dit quand tu lui as expliqué la situation ? demanda Neil.
— Tu veux dire après avoir fini de jurer ?
— Oui.
— Qu'il préférait nous savoir sous la surveillance du Dispositif de Protection des Témoins. Il avait cru qu'on ne voulait plus le voir.

Neil sourit.

Ce fut Cataline qui s'occupa de leur table. Tout en leur expliquant le menu, elle dévisagea Patricia avec insistance. Celle-ci évita soigneusement son regard, laissant à Neil le soin de passer la commande afin que la jeune fille ne reconnaisse pas sa voix.
— Je crois qu'elle m'a reconnue, dit Patricia après son départ.
— C'est possible, dit Neil. Mais je pense qu'on ne craint rien.

Ils en étaient à peu près à la moitié du repas quand Sam et Smitty se levèrent et quittèrent le restaurant. Dix minutes plus tard, les Osborne réglaient l'addition et rejoignaient le troisième étage pour frapper à la porte de Sam.

— Entrez !

Smitty s'avança à leur rencontre et les serra dans ses bras.

— On va les retrouver, affirma-t-il.

— Merci d'être venu, dit Neil.

— Je devrais te botter le... (Smitty jeta un regard penaud à Patricia.) Vous auriez dû m'appeler plus tôt.

Sam les invita à s'asseoir.

La pièce était pratiquement vide, en dehors d'un sac de sport et d'une mallette en aluminium posés par terre. La dernière fois que Patricia était entrée dans cette chambre, elle était encombrée de livres, de journaux et de CD. Aujourd'hui, il n'y avait même pas de couvre-lit sur le matelas.

— Vous avez changé de chambre, Sam ? demanda-t-elle.

— En fait, j'ai changé de pays, répondit-il. Mais je vous raconterai ça plus tard. Pour le moment, racontez-moi ce qui s'est passé.

Pendant que Neil parlait, Patricia ne put s'empêcher de remarquer que Sam avait changé. Il ne ressemblait plus au paisible concierge du collège d'Elko. Il se dégageait de lui une tension, une âpreté qu'elle ne lui connaissait pas auparavant.

À la fin du récit de Neil, Sam resta penché un long moment, immobile et silencieux. Il finit par relever la tête et demander :

— Qu'est-ce que vous savez d'autre sur ce type, El Sereno ?

— On le surnomme « le Guetteur », dit Neil. C'est lui qui surveille toutes les affaires d'Alonzo. C'est un véritable expert en la matière. L'idée de communiquer par ordinateur portable vient très certainement de lui.

— C'est un type de quel âge, à votre avis ?

— Je ne l'ai croisé qu'une seule fois. Je dirais qu'il a votre âge. Peut-être un peu plus.

— Sud-américain ?

— Je ne pense pas. Il a un accent, mais c'est plutôt un accent d'Europe de l'Est. Pourquoi ce type est-il important ?

Un sourire fugitif traversa le visage de Sam.

— J'ai connu un type autrefois, il se faisait aussi appeler « le Guetteur ». Il était très fort dans sa partie. Je me suis toujours demandé ce qu'il était devenu... Bref, revenons à nos moutons. Actuellement, vous ne risquez rien du côté des fédéraux. Et pour un bon moment.

— J'ignore comment vous vous êtes débrouillé, dit Neil. En tout cas, merci.

— Vous savez où Jack et Chris... Au fait, quel est le vrai prénom de votre fille ?

— Jeanne, dit Patricia.

Sam hocha la tête, puis reporta son attention vers Neil.

— Alors, Colombie ou Argentine ?

Neil le dévisagea avec étonnement.

— Comment...

— J'ai fait quelques recherches sur notre ami Aznar après qu'il m'eut braqué avec son revolver[1]. Au cas où il lui viendrait l'envie de me rendre une nouvelle visite. Alors, quel pays, d'après vous ?

— L'Argentine, répondit Neil. Alonzo et son frère Raphaël y possèdent un vaste domaine viticole dans la province de Mendoza. C'est une couverture pour leurs trafics de drogues. On y allait très souvent, à l'époque où je travaillais pour eux.

— Raphaël Aznar, dit Sam. D'après mes sources, un personnage encore plus dangereux que son frère. Un malade de westerns.

— Exact, acquiesça Neil. Il s'habille comme un cow-boy, il vit comme un personnage de western. C'est vraiment un curieux type. Il a appris l'anglais en regardant des vieux westerns. Sur une partie du domaine, il a fait reconstruire dans le détail une ville qu'il a baptisée Durango. Il passe la plupart de son temps à cheval à sillonner le domaine, il dort dehors

---

1. Voir *Disparition programmée*. (N.d.T.)

presque toutes les nuits. Alonzo et lui sont diamétralement opposés. Dès qu'Alonzo voit un nouveau gadget, il faut qu'il le possède, alors que Raphaël déteste la technologie moderne. Il est loin d'être aussi brillant qu'Alonzo. Ni l'un ni l'autre ne s'attendent à ce que quelqu'un déboule là-bas pour récupérer les enfants – moi, moins que personne. À leur connaissance, je ne suis qu'un ancien pilote de chasse. Jusqu'à mon arrestation, ils ne soupçonnaient même pas que je parlais espagnol. Ils n'ont aucune idée de ce que je faisais avant de travailler pour eux.

Pour la première fois, Sam esquissa un sourire.

– Vous apparteniez aux commandos d'élite des forces d'intervention spéciale. Vous avez participé à des opérations sur Beyrouth, en Irak, en République du Congo, au Guatemala et dans bien d'autres territoires déchirés par la guerre.

– Comment le savez-vous ? s'étonna Neil. Tout ça est classé « secret défense ». Il est impossible d'avoir accès à ces renseignements sans l'accord officiel du ministère de la Défense.

– Qui êtes-vous réellement, Sam ? demanda Patricia.

Ce fut au tour de Sam d'être surpris.

– Jack ne vous a rien dit ?

Patricia fit signe que non.

— Il a simplement dit que vous n'étiez pas celui que vous sembliez être.

Sam se leva.

— On en parlera dans l'avion.

— Un petit instant, interrompit Neil. Vous avez réussi à écarter les fédéraux de notre chemin, et c'est déjà énorme. Il me semble inutile que vous veniez avec nous. (Il se tourna vers Patricia.) Quant à toi, je préfère que tu restes ici avec Sam. Smitty et moi, nous pouvons parfaitement...

— Je viens ! le coupa Patricia, en se levant.

— Moi aussi ! conclut Sam, sur le ton de l'évidence. Je sais que, Smitty et vous, êtes parfaitement capables de mener cette mission avec succès. Et ensuite ? À quoi servira tout ça, si les Aznar continuent à vous harceler, vous et votre famille ? J'ai un plan qui nous permettra non seulement de retrouver Jack et Jeanne, mais qui, avec un peu de chance, règlera toute l'histoire. J'ai l'habitude de ce genre d'opération, mais il faut que vous me fassiez confiance.

Neil dévisagea Smitty. Depuis leur arrivée dans cette chambre, il demeurait muré dans un silence qui ne lui ressemblait pas.

— Qu'est-ce que tu en penses ?

Smitty haussa les épaules.

— Je ne connais Sam que depuis quelques heures, mais j'ai tendance à penser qu'on peut lui faire confiance. Et si son plan s'écroule, toi et moi, on passera derrière balayer les ordures ! (Il regarda Sam en souriant avant d'ajouter :) On a l'habitude de ce genre d'opération !

Sam lui rendit son sourire.

— Parfait !

Il ramassa la mallette en aluminium, la posa sur le lit et l'ouvrit. À l'intérieur, il y avait un ordinateur portable et un appareil qui ressemblait à un téléphone cellulaire. Il le sortit.

— Vous connaissez sûrement cet appareil ? dit-il.

— C'est un téléphone satellite à iridium VX, dit Smitty, visiblement impressionné.

— Aux dernières nouvelles, dit Neil, le VX était un matériel strictement militaire.

Sam glissa le téléphone dans sa poche sans plus d'explications. Il ramassa le sac de sport et la mallette, et ils s'apprêtaient tous à quitter la pièce quand on frappa à la porte.

C'était Cataline Cristobal.

— J'aimerais parler à madame Granger, dit-elle.

Sam se tourna vers Patricia, celle-ci haussa les épaules d'un air résigné, et il ouvrit la porte à Cataline.

Patricia embrassa la jeune fille.

— Vous m'aviez reconnue ?

— Sur l'instant, non. En réalité, c'est vous que j'ai reconnu, dit-elle en se tournant vers

Neil. Vous ressemblez tellement à Zack... enfin, quel que soit son prénom aujourd'hui...
— C'est Jack, dit Neil. Je suis content de te connaître, Cat. Il parle souvent de toi.
— C'est vrai ? (Elle lui adressa un sourire timide.) Il est ici ?
— Non... il...
Patricia vint à son secours.
— Jack est avec sa sœur.
— Bien sûr. À Los Angeles ! Je l'ai vue avec Za... je veux dire Jack, à la télé. J'imagine que les choses se sont arrangées pour vous et votre famille, si elle a le droit de participer à une émission de télé.
— Il reste encore quelques petits problèmes... dit Patricia. Et il faut que tu m'accordes une faveur.
— Bien sûr, tout ce que vous voulez.
— Il faut que tu gardes le secret sur notre visite.
— C'est promis, je n'en parlerai à personne. Je ne pense pas que quelqu'un d'autre vous ait reconnue au restaurant. (Cataline tira un objet de sa poche.) Juste après son départ d'Elko, Jack m'avait fait parvenir ceci.
Dans le creux de la main, elle tenait un petit astronaute.
— Le Commandant PIF... murmura Neil.
L'ami imaginaire de Jack, qui avait accompagné toute son enfance. Neil lui avait fait

cadeau de la petite figurine lors de son séjour à l'hôpital. Après sa guérison, Jack l'avait gardée, et partout où il allait, il l'emmenait.

— Il y a des années que je ne l'avais pas vu, je me demandais si Jack l'avait toujours.

Cataline le dévisagea un moment avant de poursuivre :

— Je sais que vous ne pouvez pas tout me dire. Mais promettez-moi de lui rendre son astronaute de ma part. Il m'a dit que le Commandant PIF était son meilleur ami quand il était petit. Il me l'avait donné pour qu'il me tienne compagnie. J'ai le sentiment que Jack a besoin d'un ami en ce moment. Mais dites-lui que je le lui prête seulement, je compte bien qu'il me le rende un jour. (Elle tendit le jouet à Neil, puis elle tourna des yeux pleins de larmes vers Patricia.) J'aimerais vraiment revoir Jack un jour, si c'est possible. Il me manque.

— Tu lui manques, toi aussi. (Patricia la prit dans ses bras pour l'embrasser une dernière fois.) Je ne peux rien te promettre, mais je ferai tout mon possible.

CHAPITRE 22

Dans la maison des Greene à Manteo, Doris et Don trouvèrent le téléphone portable de Robert, posé bien en vue sur la table de la cuisine, ainsi que les signes d'un départ précipité. En revanche, il n'y avait trace ni d'infraction ni de bagarre – ce dont ils furent tous deux soulagés.

– Ils n'ont presque rien emporté, déclara Doris. À mon avis, ils ont prévu de revenir bientôt.

– Tu crois ? dit Don. Mais alors, où sont-ils allés et pourquoi ?

– Je vais lancer un mandat de recherche sur leur véhicule, dit Doris. Appelle l'aéroport de Norfolk et vérifie les listes de vols...

À cet instant, le portable de Don sonna. Il le tira de la poche de sa veste et l'ouvrit.

– Officier Smites... (Ses yeux s'agrandirent de surprise.) Oui, monsieur... mais il se pourrait qu'il s'agisse d'un enlèvement... Bien, mais les enfants... Je comprends, mais... Oui, monsieur... c'est entendu.

Don raccrocha et, l'air complètement abasourdi, il dévisagea Doris.

– Qu'est-ce qu'il y a ? demanda-t-elle.
– Nous avons l'ordre de partir pour Atlanta.
– Les Greene sont là-bas ?

Don agita la tête.

– Non, dit-il. Mais écoute ça. Nous devons prendre une chambre d'hôtel à Atlanta et les escorter jusqu'au jour du procès. On nous envoie des doublures de Neil et Patricia Osborne. Personne ne doit savoir que les Greene ont filé.

– C'était qui au téléphone ? demanda Doris.
– Le ministre de la Justice, en personne, répondit Don, qui n'en revenait toujours pas.

CHAPITRE 23

Pour passer le temps, Jeanne marcha de long en large dans l'appartement, regarda quelques films et dormit un peu. Jack, lui, essaya de lire un roman sur le Far West, mais sans y parvenir. Il avait l'impression que les murs se refermaient sur lui ; plus le temps passait, plus cette angoisse l'étreignait. Pour s'obliger à penser à autre chose, il commença à passer au crible chaque centimètre carré de leur prison souterraine.
— Qu'est-ce que tu cherches ? demanda Jeanne, depuis le canapé.
— Un moyen de sortir !
— Le seul, c'est par la porte ! Alors, laisse tomber, tu m'exaspères !

— C'est bien le problème !
— C'est-à-dire ?
— Laisser tomber ! dit Jack. Abandonner. C'est exactement ce qu'ils veulent qu'on fasse.
— Tu as une autre solution ?
— Se battre.
— Comment ?

Jack haussa les épaules.

— Je ne sais pas encore, mais je vais trouver. Il y a toute une panoplie de couteaux de boucher dans la cuisine.
— Tu ne proposes tout de même pas de...
— Non, bien sûr que non ! coupa Jack. Si Œil de Serpent me surprenait avec un couteau dans les mains, elle me l'arracherait et elle me découperait en rondelles. Alors, je me demande dans quel but nos ravisseurs ont laissé une batterie de couteaux si parfaitement aiguisés dans cette prison...
— Pour éplucher les légumes, dit Jeanne.
— Très drôle. Mais à part ça....
— Tu as raison, c'est curieux, reconnut-elle.
— Et ces meubles... (Il montra le canapé et les fauteuils.) Regarde, ils sont moches, d'accord, mais ils coûtent cher. Et dans les chambres c'est pareil – rien que des trucs de bonne qualité, des trucs chers, tout le confort d'une maison...
— Oui, un terrier de luxe, en quelque sorte... dit Jeanne.

– C'est-à-dire ?
– Tu sais, comme ce trou creusé dans la terre où ils ont déniché Saddam Hussein. En fait, il habitait une maison, mais chaque fois que les soldats venaient ratisser le coin, il descendait dans son trou et s'y cachait jusqu'à ce qu'ils repartent. C'est pour ça qu'ils ont mis si longtemps à le retrouver.
– Exactement. Sauf que, ici, c'est beaucoup plus luxueux que la tanière de Saddam. Ce n'est pas une prison. (Il lui montra le sol sous une des tables.) Regarde, il y a même une prise de téléphone. Cet endroit est une cachette.
– Et alors, quelle différence ? dit Jeanne. On est quand même pris au piège.
– Exactement, dit Jack. Un piège.

Il était sur le point de préciser sa pensée, quand la porte s'ouvrit.

D'après la montre de Jack, Œil de Serpent était en avance de huit heures pour la photo ; et elle n'était pas seule. Un homme l'accompagnait. Environ un mètre quatre-vingts, plutôt corpulent, une épaisse moustache noire en guidon de vélo qui lui barrait le visage, et deux méchants petits yeux noirs qui s'agitaient dans toutes les directions comme deux mouches.

Mais le plus étonnant, c'était son allure vestimentaire. Il avait l'air de sortir tout droit d'un des westerns alignés sur les étagères. Il portait des bottes en serpent, un gros ceinturon qui soutenait deux revolvers dont les crosses étaient en ivoire, et un couteau dans son étui ; il était vêtu d'une chemise de cow-boy, rehaussée de boutons en perle, et d'un foulard rouge noué autour du cou. Et pour compléter ce déguisement, un large chapeau noir de cowboy. Jack crut qu'il s'agissait d'une blague, mais ni Œil de Serpent ni le type n'avaient l'air de plaisanter.

Jack et Jeanne s'enfoncèrent dans le canapé, prêts pour la photo, mais aucun appareil ne fit son apparition.

Jack glissa un œil en direction de la porte. Exactement comme la dernière fois, Œil de Serpent avait laissé les clefs dans la serrure et la porte grande ouverte. Il se demanda combien de temps il lui faudrait pour la franchir, la refermer et tourner la clef. « Beaucoup trop ! » fut sa conclusion.

Les yeux de l'homme papillonnèrent encore un moment tout autour de la pièce avant de s'arrêter sur Jack.

— Je m'appelle Raphaël Aznar, dit-il en imitant avec maladresse l'accent traînant du Texas.

« Raphaël, pensa Jack, la seule personne que Diablo tolère. »

Jamais il n'aurait pu imaginer que ce personnage était le frère d'Alonzo. Le seul point qu'ils semblaient avoir en commun, c'était leur chevelure noire.

Raphaël reporta son attention sur Jeanne.

– Alonzo m'avait prévenu que tu étais jolie, lâcha-t-il avant d'ajouter quelques mots en espagnol à l'intention d'Œil de Serpent.

Ils se mirent à rire tous les deux. Puis il enchaîna en anglais :

– Je disais à Zita que je te rendrais volontiers visite un de ces soirs... (Il lui saisit le menton d'une main.) Ça te plairait...

Terrifiée, Jeanne frissonna. Jack serra les poings ; s'il avait pu, il aurait volontiers passé une corde autour du cou de Raphaël pour le pendre... Raphaël finit par écarter sa main immonde du visage de Jeanne et reporta son attention sur lui.

– Alonzo m'a dit que ton père tenait un journal.

Jack prit l'air étonné. Sans succès. Raphaël le saisit par le col et le releva brutalement.

– On sait que tu es le dernier à avoir vu ce journal, cracha-t-il, le visage à quelques centimètres de celui de Jack. Où est-il ?

De la tête, Jack fit signe qu'il ne savait pas.

Raphaël le précipita violemment contre le mur le plus proche où il alla s'écraser.

– Soit tu me dis où il est, soit je travaille ta sœur au couteau...

Œil de Serpent s'était déplacée près du canapé, elle se tenait debout derrière Jeanne, les deux mains posées sur ses épaules.
— C'est ça que tu veux ? hurla Raphaël.
— Non.
— Alors, parle.
— C'est mon père qui l'a, dit Jack.
— Il ne l'a pas donné aux fédéraux ?
— Non.
— Alors, où est-ce qu'il le cache ?
— J'en sais rien.
Pas question d'avouer la vérité... Raphaël resserra sa prise et le projeta une nouvelle fois contre le mur.
— Si je le savais, je vous le dirais. (La vision de Jack commençait à se brouiller.) Je m'en fiche de ce journal. Nous, ce qu'on veut, c'est rentrer chez nous. Je ne sais pas où il est.
— Comment tu sais que les flics ne l'ont pas ?
— Parce que mon père m'a dit qu'il l'avait rangé en lieu sûr. Qu'il le remettrait à la police, si quelque chose nous arrivait...
— Ben, c'est précisément le cas ! ricana Raphaël en le relâchant. Mais ça pourrait être bien pire s'il ne nous donne pas ce journal.
Jack s'effondra comme un chiffon, le long du mur. Il crut qu'il allait vomir.
Raphaël s'approcha de Jeanne.
— Je me ferai un plaisir de revenir te voir.

Il lui décocha un sourire carnassier, lui caressant la joue d'un doigt avant de tourner les talons, suivi d'Œil de Serpent.

À peine la porte fut-elle refermée que Jeanne se précipita vers son frère.

– Ça va ?

Jack s'assit.

– Je crois.

Mais la tête lui tournait et il avait encore le cœur au bord des lèvres. Jeanne l'aida à se lever.

– C'est quoi, cette histoire de journal ?

La question le surprit. Jeanne et leur mère étaient très proches, plus copines que mère et fille. Jack croyait qu'elles partageaient tout, mais, apparemment, leur mère n'avait pas parlé du journal à Jeanne. Il s'y décida.

À la fin des explications de son frère, Jeanne était folle de rage. Elle allait et venait dans tous les sens.

– Alors, tout ce cirque, c'est uniquement à cause de ce journal idiot ?

– J'imagine, dit-il.

En réalité, il se doutait que ce n'était pas la seule raison.

– Qu'est-ce qu'il y a dans ce journal ?

– Je n'ai lu que les premières lignes, répondit Jack sans préciser. Il décrit l'organisation des trafics de drogue d'Alonzo...

Jeanne éclata en larmes.
— J'espère que papa va leur donner !
Elle courut s'enfermer dans sa chambre ; la porte claqua avant même que Jack puisse partager avec elle sa nouvelle inquiétude.
Raphaël leur avait révélé qui il était. Il ne pouvait faire une telle révélation que si elle était sans conséquences... Il n'avait donc pas l'intention de les relâcher.

5ᴱ JOUR
Le domaine Aznar

CHAPITRE 24

Patricia et Sam étaient assis côte à côte contre la cloison qui séparait le poste de pilotage de la cabine. Smitty était aux commandes. Neil, allongé à l'arrière de l'appareil, dormait.

Ils survolaient le sud du Mexique, en direction du Panama où ils devaient s'arrêter pour s'approvisionner en carburant et en matériel, quand un e-mail arriva.

Sans même lire le message, Patricia ouvrit directement la photo, prise quatre heures plus tôt.

– Qu'est-ce qu'ils leur ont fait ? s'écria Patricia, choquée. Jack est nu !

– Pas tout à fait, rectifia Sam. Et il est vivant, c'est l'essentiel. Voyons le message.

Ils le lurent ensemble.

Objet : aucun
De : alonzo@network.com
À : osborne@network.com
El Sereno m'apprend que vous ne semblez pas disposés à nous remettre un certain document. Je suis désolé de l'apprendre.
Si vous ne me dites pas où il se trouve, un de vos enfants mourra.
Vous avez dix minutes pour répondre à ce message.

A.

Patricia bondit de son siège, incapable d'étouffer un cri. D'une main ferme, Sam l'obligea à se rasseoir.

— Il faut que je réveille Neil, dit-elle, cherchant à lui échapper. On n'a que dix minutes pour répondre à ce message avant que l'adresse disparaisse.

— Neil ne peut rien faire, dit Sam doucement. Le journal se trouve à plus de mille kilomètres d'ici. Même s'il voulait le donner à Alonzo, il ne pourrait pas. Laissez-le dormir. Il en a besoin.

— Mais Jeanne et Jack...

— Asseyez-vous, Patricia, dit Sam. Cet e-mail est le dernier que nous lisons. On ne va plus jouer selon ses règles. On va lui répondre, mais d'abord vous allez m'écouter.

Patricia se rassit à contrecœur.

Sam braqua sur elle son regard bleu.

— Quoi que vous fassiez, Alonzo ne libérera pas vos enfants. Jamais. Il les gardera tant qu'ils lui seront utiles. Et il les gardera vivants. Puis, un jour, il les tuera. Et vous aussi, un jour, il vous tuera. Tous les deux. Neil et vous. Il le fera, qu'il soit condamné ou non à la prison. Aznar ne pardonnera pas. Il n'oubliera pas.

Patricia ne quittait pas Sam des yeux, laissant les mots pénétrer en elle, cherchant à contrôler la panique qu'elle sentait monter.

— Pourquoi ? souffla-t-elle. Qu'est-ce que ça lui rapporte ?

— Le châtiment, dit Sam. Si Alonzo échoue à vous punir, les gens qui travaillent pour lui ne le craindront plus, il ne sera plus maître du jeu et, un jour, quelqu'un surgira pour le tuer.

— Ça signifie que tant qu'il sera en vie, nous ne serons plus en sécurité, conclut amèrement Patricia.

— Les choses ne sont pas aussi graves, dit Sam pour atténuer un peu ses propos. Nous allons récupérer vos enfants, ensuite, on s'occupera d'Alonzo.

— À moins de le tuer, je ne vois pas comment on...

— Il arrive parfois que la menace de la mort soit pire que la mort elle-même, interrompit Sam. Laissez-moi régler le problème Alonzo. (Il consulta sa montre.) Si vous le permettez, j'aimerais répondre à son message.

— D'accord, dit Patricia.

Objet : Re : aucun
De : osborne@network.com
À : alonzo@network.com
Le journal est entre mes mains. Malheureusement, Patricia et moi sommes avec les fédéraux à Atlanta, en train de préparer le procès. Ils sont venus à Manteo hier soir et ils nous ont placés sous protection rapprochée avant que je puisse trouver un moyen de vous le faire parvenir.

Je vous remettrai le journal dès que possible.

Je modifierai mon témoignage.

Je ferai tout ce que vous voulez.

Je ne suis pas certain de pouvoir répondre à vos prochains e-mails dans des délais rapides. Nous faisons l'objet d'une étroite surveillance de la part des officiers fédéraux. Une chance que j'aie pu répondre à celui-ci. Laissez tomber les menaces. Vous avez gagné, mais si vous faites le moindre mal à mes enfants, je jure devant Dieu que je remettrai le journal aux fédéraux et que je ne MODIFIERAI PAS mon témoignage.

Neil

Patricia relut le texte de Sam et approuva d'un air sombre. Il pressa sur la touche « ENVOI » – il restait cinq minutes – et lui rendit l'ordinateur portable. Elle se leva et alla le ranger dans l'un des compartiments à bagages pour ne pas être tentée de regarder à nouveau la photo.

– Donnez-moi une bonne raison de croire que vous savez ce que vous faites, dit-elle. Dites-moi qui vous êtes réellement.

Il tapota le siège voisin du sien et elle s'assit.

– La version courte, alors. Je suis né et j'ai grandi à Saint-Pétersbourg en Russie. J'étais doué pour la musique et les langues. Malheureusement, pas assez doué pour vivre de la musique, alors je me suis tourné vers ma seconde passion, les langues. À l'université, mes capacités attirèrent l'attention du KGB. Je suis donc devenu agent de renseignements. Durant plus de vingt ans, j'ai couvert l'Europe, l'Asie du Sud-Est, l'Amérique du Sud, le Proche-Orient et les États-Unis. J'aimais ce métier et j'y excellais, mais vers la fin de ma carrière, un événement a tout bouleversé. Au cours d'une mission, mon fils est tombé malade. Ma hiérarchie n'a pas voulu dire à ma femme où je me trouvais, et ils ne m'ont pas prévenu non plus qu'il était malade. À mon retour, mon fils était mort et enterré. Et ma femme avait demandé le divorce.

— Je suis désolée, dit Patricia.
— C'était il y a longtemps... J'ai démissionné du KGB. Un geste très imprudent à l'époque. J'en savais un peu trop pour la sérénité du gouvernement soviétique. Des choses qui auraient pu être très dangereuses pour mon pays, si elles avaient été divulguées.

Sam secoua la tête.

— Les organisations de renseignements sont très paranoïaques. Je n'aurais, bien sûr, jamais rien révélé, mais la hiérarchie du KGB n'avait pas confiance; à ses yeux, je représentais un risque. On a essayé de m'éliminer.

— Alors, vous êtes venu ici, dit Patricia.

Sam hocha la tête.

— Je n'ai pas eu d'autre choix que m'enfuir. Et les États-Unis furent ravis de m'accueillir. J'ai passé près de trois années à Washington à être interrogé. Je n'ai révélé qu'une fraction infinie de ce que je savais, rien de fondamental, mais ils se montrèrent satisfaits. Ils finirent même par m'offrir différents postes à la CIA, dans des cellules de réflexion publiques ou privées et dans les services de Sécurité nationale. J'ai refusé toutes ces propositions. J'ai simplement demandé un camion, de l'argent pour l'essence, et qu'on me fiche la paix. J'ai traversé les États-Unis, en prenant mon temps, m'arrêtant ici et là, et, un jour, je suis arrivé à Elko.

— Et ils vous ont laissé partir comme ça ? Sans condition ?

— Il y a toujours des conditions, répondit Sam. Mais elles étaient assez souples et faciles à supporter : un coup de téléphone de temps en temps pour solliciter un conseil. Des agents qui venaient à l'hôtel Nevada me demander mon avis sur telle ou telle chose. Ce n'était guère contraignant. Ça ne me dérangeait pas. Ça me permettait de garder le contact. Il m'arrivait aussi de collaborer avec les fédéraux au Dispositif de Protection des Témoins. C'est comme ça que je suis allé voir Neil en prison.

— Vous avez joué un rôle dans sa libération ? demanda Patricia.

Neil et elle avaient toujours trouvé curieux qu'il retrouve sa liberté aussi facilement.

— Pas vraiment, répondit Sam.

— Et dans l'abandon des poursuites par les fédéraux ?

— Sans aucun doute.

— Et pour les renseignements classés « secret défense » concernant Neil, vous étiez au courant ?

— Ce sujet-là est un peu plus compliqué, dit Sam. Qu'est-ce qu'il vous a raconté exactement sur les opérations qu'il a menées avant de devenir pilote de chasse ?

— Qu'il était dans les commandos des forces spéciales d'intervention. Il m'en aurait certainement raconté davantage, mais, en vérité, je n'avais pas vraiment envie d'en savoir plus... Je suis plutôt pacifiste. Et le côté macho du « si tu me tues, je te tue », ça me semble tellement absurde. Il y a forcément une meilleure solution.

— Parfois, il y a une meilleure solution. Parfois, non. C'est alors que Neil et son groupe intervenaient. Si Neil a pu sortir de prison avant le procès, c'est grâce à l'homme qu'il a été, pas à mon intervention. Neil excellait dans sa partie — d'après certains il était même le meilleur. Quand il vous a dit que Smitty et lui pouvaient gérer cette situation, il vous a dit vrai. En fait, il pourrait sans doute récupérer les enfants sans mon aide, ni celle de Smitty.

Patricia réfléchit quelques instants à ce que Sam venait de lui révéler, se souvenant des premières années de leur mariage où Neil était plus souvent absent que présent. Ces longues absences avaient presque détruit leur couple. Elle lui avait dit qu'elle ne pouvait pas vivre ainsi, et il avait pris les décisions qui s'imposaient. Neil était parfaitement qualifié pour piloter une demi-douzaine d'avions différents. Il avait réussi à convaincre la marine de le laisser devenir pilote de chasse. Entre-temps,

Jeanne était née, et durant quelques années, ils avaient vécu de base militaire en base militaire. Mais bientôt, Patricia voulut se fixer. Et, dans ce domaine aussi, Neil avait pris les décisions nécessaires. Il avait donné sa démission et travaillé comme pilote dans une compagnie aérienne. Pendant quelques années, il s'en était satisfait, puis il avait commencé à s'ennuyer.

– Je ne comprends toujours pas comment il a pu travailler pour un type comme Aznar.

– Je parie qu'il ne le comprend pas lui-même, dit Sam. C'est sans doute lié au sentiment de vivre sur le fil du rasoir qu'il a éprouvé durant tant d'années. Ne jamais savoir si la journée qui commence ne sera pas celle de votre mort. Quand chaque action, chaque geste a de l'importance. C'est une drogue puissante, une dépendance. Croyez-moi. Je sais de quoi je parle. Neil ne serait pas le premier à rater la marche qui mène à ces vies dites « normales », où la décision la plus grave du week-end, c'est de choisir une marque d'engrais pour la pelouse du jardin ! Je suis convaincu aussi que si Neil n'avait pas été arrêté, il serait revenu tout seul à la raison. Il aurait fini par démanteler l'organisation d'Alonzo. Il prenait cette direction quand il a été arrêté.

Patricia eut l'air sceptique.

— Je ne dis pas ça pour vous rassurer, poursuivit Sam. Ça fait des années que les Stup cherchent à infiltrer le cartel d'Alonzo. Neil, lui, a réussi en quelques semaines.

— Il l'a fait pour l'argent, dit Patricia. Il l'admet lui-même.

— Sans aucun doute, dit Sam. En tout cas, au début. De toute manière, c'était le seul moyen d'y creuser sa place. S'il avait été agent des Stup, Alonzo l'aurait tout de suite deviné. Il sent très bien les gens. C'est grâce à ce sixième sens qu'il est dans le circuit depuis si longtemps. Dès le moment où Neil a commencé à tenir un journal, le jeu a changé de main. Dès que toutes les pièces du puzzle auraient été réunies, il aurait avancé ses pions contre Alonzo. Les fédéraux l'ont arrêté avant qu'il en ait le temps.

Patricia n'était toujours pas convaincue. Mais elle reconnaissait qu'il y avait du vrai dans les explications de Sam.

— Et vous ? demanda-t-elle. À l'hôtel Nevada, vous nous avez dit que vous étiez parti vivre ailleurs.

— En France, dit Sam. On m'a obligé à sortir de ma retraite.

— Dans quel but ?

— Je préfère réserver ma réponse pour une autre conversation. Avant cette histoire, j'avais cherché à reprendre contact avec vous.

— Ah bon ?

Sam hocha la tête.

— Je voulais vous proposer une solution qui vous permettrait de redevenir la famille Osborne — définitivement.

— Je vous écoute, dit Patricia. Je ferais à peu près n'importe quoi pour que les Osborne redeviennent une famille.

— Ce ne serait pas sans risque. Mais préserver une famille vaut bien quelques risques ! (Sam consulta sa montre.) Je vais vous expliquer ça, mais je dois d'abord vérifier quelque chose.

Patricia le regarda s'éloigner vers l'arrière de l'appareil. Depuis le début du voyage, il n'avait pas cessé de donner et de recevoir des appels par son ordinateur.

Qui était vraiment Sam Sebesta ?

CHAPITRE 25

El Sereno était en planque dans une voiture, en face de chez les Greene. Il avait vu deux officiers fédéraux entrer dans la maison et en ressortir quelques minutes plus tard. Il les avait tout de suite reconnus, il s'agissait de Doris Welty et Don Smites, les deux officiers de tutelle des Osborne. Que faisaient-ils là ? Pourquoi repartaient-ils aussi rapidement ?

Pendant qu'ils démarraient, il nota le numéro d'immatriculation de leur voiture de location. Avec ce numéro, il serait facile de retracer leurs déplacements.

Aznar l'avait expédié à Manteo pour récupérer le journal de Neil. Maintenant que les deux enfants étaient entre ses mains, Alonzo était convaincu que Neil le leur donnerait sans discuter.

El Sereno resta dans sa voiture encore une dizaine de minutes. Voyant que personne d'autre ne sortait de la maison, il traversa la rue pour surveiller de plus près une des fenêtres, sur le côté de la maison, quelques minutes supplémentaires. Décidément, les Osborne n'étaient pas là. Il crocheta la serrure de la porte de derrière. Une fois dans la maison, il en fit rapidement le tour, arrivant aux mêmes conclusions que les fédéraux. Les Osborne avaient filé.

Il appela un copain et lui communiqua le numéro d'immatriculation de la voiture des deux fédéraux. Cinq minutes plus tard, le type rappelait. Les officiers Welty et Smites étaient venus par le vol de Washington en début de journée, ils avaient atterri à Norfolk, et ils venaient de faire une nouvelle réservation sur le vol de Norfolk à Atlanta, quelques minutes plus tôt.

Il envoya un e-mail à Alonzo pour l'en informer. La réponse lui arriva aussitôt : il avait l'ordre de se rendre à Atlanta pour espionner les allées et venues des fédéraux.

Le temps que la réponse lui parvienne, et El Sereno était déjà en route.

CHAPITRE 26

En lisant la réponse de Neil Osborne à propos du journal, Alonzo faillit précipiter son ordinateur contre le mur. Il détestait qu'on le menace et il n'avait pas non plus l'habitude que les autres lui imposent leurs conditions.

Objet : aucun
De : alonzo@overt.com
À : raphael@overt.com
On a un problème. Je te donnerai davantage de détails quand j'en saurai plus. Neil ne coopère pas entièrement et il aura peut-être besoin de mesures incitatives. Avant la prochaine photo, dis à Zita de tabasser le môme. Je veux que Neil comprenne qu'on ne plaisante pas.

Et fais-moi un compte rendu sur le déroulement des derniers préparatifs pour la réunion.

A.

Alonzo avait un sixième sens extrêmement aiguisé, qui lui avait sauvé la vie en maintes occasions. Il sentait arriver les ennuis longtemps avant qu'ils ne surgissent. En l'occurrence, le picotement caractéristique commençait à lui grimper le long du dos comme une araignée.

CHAPITRE 27

Bouleversé, Jack écoutait Jeanne, enfermée dans sa chambre, pleurer à chaudes larmes. Il aurait tellement voulu trouver les mots pour la consoler, mais tout ce qu'il pouvait dire ne changerait rien à la situation : ils étaient bel et bien prisonniers d'un bunker de béton et à la merci d'un cow-boy psychopathe prêt à débouler n'importe quand.

Il alla examiner ses blessures dans le miroir de la salle de bains ; il avait désormais deux bosses sur le crâne – une devant et une derrière. Deux évidences le frappèrent : d'une part, il ne pourrait pas porter sa casquette de base-ball avant un certain temps, et d'autre part, s'il voulait s'enfuir d'ici, il avait intérêt à se servir de sa tête autrement que pour cogner !

En sortant de la salle de bains, Jack remarqua que la porte était très lourde. En l'observant plus attentivement, il s'aperçut qu'elle était taillée dans une seule pièce de bois massif. Un autre détail l'intrigua, la porte était montée à l'envers. Son père lui avait expliqué que les portes étaient généralement montées de façon à s'ouvrir devant vous quand on entre dans une pièce et à être tirées derrière soi quand on en sort.

Ces observations lui donnèrent une idée. En retournant dans la salle de bains, il constata avec satisfaction que la vitre du pare-douche était opaque : c'était parfait pour ce qu'il mijotait. Il alla ensuite dans la buanderie. Sur l'étagère, au-dessus de la machine à laver et du sèche-linge, il y avait une boîte à outils avec deux tournevis, un mètre de menuisier, différentes sortes de clefs, une petite scie, un marteau et divers autres objets de bricolage. Exactement ce dont il avait besoin.

Dans un coin, il trouva un balai dont il scia le manche, qu'il coupa en plusieurs petits morceaux. Il les emporta dans la cuisine, où, à l'aide du marteau, du burin et de l'économe, il fabriqua une série de cales.

Dans sa chambre, au-dessus d'un portant pour vêtements, il y avait une tablette en bois. Il la retira, la mesura, puis la coupa en deux. Il rapporta les deux morceaux dans le salon et cloua le plus petit à même le plancher, derrière le canapé. Le plus grand morceau, qu'il avait glissé dessous, dépassait et Jack était en train de se demander comment le dissimuler quand Jeanne sortit de sa chambre, les yeux bouffis de larmes.

— Il est trois heures du matin, dit-elle. Qu'est-ce que tu trafiques ?

— Je fais un peu de déco...

— Je ne suis pas d'humeur à plaisanter.

Jack ne pouvait pas réussir son coup tout seul. En fait, ce n'était même pas la peine d'essayer, à moins que Jeanne n'accepte de le suivre à cent pour cent. Il lui expliqua ce qu'il avait en tête, et il faut reconnaître qu'elle l'écouta jusqu'au bout, sans dire un mot, avant de craquer.

— Tu es complètement cinglé !

— Ça marchera, insista-t-il.

— Imagine que ça marche, dit-elle. Ensuite, quoi ?

Jack n'avait pas la réponse. Tout ce qu'il savait, c'était qu'ils ne pouvaient pas rester enfermés ici à attendre qu'un miracle se produise. Rester prisonnier dans cette cave le rendait fou. À croire qu'il devenait claustrophobe.

— Dès que papa leur aura donné ce maudit journal, ils nous laisseront partir !

Jack fit «non» de la tête.

— Je ne crois pas que le journal soit la seule explication. Sinon, ils ne nous auraient pas emmenés jusqu'ici. Il y a d'autres choses que nous ignorons. Beaucoup d'autres choses.

— Je persiste à penser que nous devons attendre, insista Jeanne.

Jack prit une profonde respiration. Il aurait préféré ne pas utiliser cet argument, mais elle ne lui laissait pas le choix.

— Raphaël reviendra, dit-il posément. Aujourd'hui, peut-être...

Jeanne frissonna de dégoût.

— On pourrait barricader la porte...

— J'y ai déjà pensé, dit Jack. Mais ils nous couperont l'électricité et l'eau. Les vivres finiront par manquer. Ça ne changera rien, ça ne fera que retarder l'inévitable. Il n'y a qu'une solution, nous enfuir.

Jeanne concentra son attention sur le dispositif de Jack, avant de se tourner vers lui.

— Il nous reste quatre heures pour réviser ton plan, dit-elle.

CHAPITRE 28

Smitty stabilisa l'avion une soixantaine de mètres au-dessus de l'épaisse canopée tropicale. Avec la brume qui montait des arbres, il était quasiment impossible de discerner quoi que ce soit dans l'obscurité.

— Tu es sûr que c'est bon ? demanda-t-il à Neil à travers le casque.

Assis dans le siège du copilote, Neil vérifia encore une fois les coordonnées.

— Affirmatif. La piste doit se trouver à une dizaine de kilomètres devant nous.

— Et tu crois que ce type-là, ce Sam, il sait ce qu'il fait ? Je me demande si on n'aurait pas mieux fait d'atterrir sur un aéroport commercial pour faire le plein ?

– Je te rappelle que c'est toi qui t'es porté garant pour lui à Elko...

Une heure plus tôt, Sam était venu les rejoindre dans le cockpit pour les prévenir qu'ils devaient se diriger vers une piste d'atterrissage secrète où ils récupéreraient du matériel et un passager.

Smitty vérifia le niveau de la jauge.

– Imagine qu'il se trompe et qu'il n'y ait pas d'endroit où atterrir, il faudra bien qu'on pose le zinc, on n'est même plus sur la réserve !

– Il a dit qu'ils auraient du fuel.

Sam avait dit qu'« ils » auraient de l'essence, mais il n'avait pas précisé qui étaient « ils », songea Neil tout en se penchant pour essayer de scruter l'horizon à travers l'obscurité de la brume.

– Là ! s'écria Neil. Lumière à trois heures !

– Vu.

Smitty inclina le jet sur l'aile. En se rapprochant, ils s'aperçurent que les lumières provenaient, en fait, de plusieurs véhicules – quatre, en tout – positionnés chacun sur un côté de cette piste rudimentaire.

– C'est assez long et assez large, fit Smitty en allumant les phares.

Il aligna l'appareil dans l'axe de la balafre ouverte entre les arbres, sortit les trains d'atterrissage, réduisit les gaz et se plaça pour l'approche finale. Le terrain était moins régulier qu'il le paraissait. Smitty réussit néanmoins un atterrissage quasi parfait et conduisit l'appareil jusqu'en bout de piste.

— Fais demi-tour, suggéra Neil. Au cas où on doive filer en catastrophe !

— On n'a même plus assez de fuel pour atteindre le bout de la piste ! plaisanta Smitty.

Il fit tout de même faire demi-tour à l'avion.

Les quatre véhicules roulèrent à leur rencontre et ils furent soulagés de constater qu'il y avait bien un camion-citerne.

— J'ai dans l'idée qu'ils nous laisseront repartir, dit Smitty en coupant les moteurs.

Le temps que Neil et Smitty sortent du cockpit, Sam avait déjà ouvert la porte. Un grand type costaud, en treillis militaire, monta dans l'avion.

— Bonjour messieurs, dit-il. Lequel d'entre vous est le commandant Osborne ?

Neil tomba des nues. «Ils», c'était l'armée des États-Unis. Et en plus, l'écusson sur l'épaulette de l'officier — lame nue de poignard noir sur fond rouge — indiquait qu'il appartenait au groupe d'élite Delta Force, l'équivalent dans l'armée de terre des commandos spéciaux de la marine.

— Je suis le commandant Osborne.

— Capitaine Winters. (Il salua Neil.) Nous avons pratiquement tout le matériel que vous avez demandé, monsieur.

Neil regarda Sam. Mais il ne manifesta aucune réaction. Le capitaine Winters tira de sa poche un papier.

– Deux M4A1 avec munitions, silencieux, des champs laser, des lance-grenades. Quelques pains de C-4 et un rouleau de détonateurs M700. Deux gilets pare-balles. Une série de menottes souples. Deux paires de lunettes à vision infrarouge. Une demi-douzaine de grenades paralysantes XM84. Quelques grenades fumigènes. Cinq casques radio LASH. Et un équipement médical complet.

À mesure que cette liste s'allongeait, le sourire de Smitty s'élargissait.

– Ça devrait aller, capitaine, dit-il.

Patricia ne connaissait pas la moitié des équipements cités, mais ils lui semblaient meurtriers, sauf le kit médical – qui l'inquiétait autant que le reste.

– Merci, dit Neil, encore sous l'effet de la surprise.

– Je m'occupe du carburant, dit Smitty.

– Je vous accompagne, proposa Winters, en lui emboîtant le pas. Je vais donner l'ordre à mes hommes de charger le matériel.

– Excusez-moi, capitaine, intervint Sam.

Le capitaine s'arrêta.

– Il devait y avoir encore d'autres choses, dit Sam. Et un passager.

Winters sourit.

– Il est là, mais il n'a pas trop la forme. On a dû le faire sauter en double pour qu'il arrive à l'heure et je pense qu'il n'avait jamais sauté en parachute. D'après le soldat auquel il était couplé, il a hurlé durant toute la descente ! Et pour couronner le tout, ils ont atterri au sommet d'un arbre ! Le toubib est en train de lui donner une dose de tranquillisants.

Sam éclata de rire.

– J'ai dans l'idée qu'il a apporté sa propre valise de calmants.

– Pas qu'une seule ! s'exclama le capitaine Winters. Je n'ai jamais vu autant de bazar. Mais il n'était pas en état de se dépatouiller tout seul quand on l'a décroché. Je n'ai jamais vu un type trembler autant. J'ai même cru qu'il faisait une attaque. Faut dire que je n'avais jamais vu non plus un type sauter d'un avion en costard cravate !

– Je vais m'occuper de lui, dit Sam.

Lorsqu'ils se furent éloignés, Neil regarda Patricia.

– Ça va ? Tu tiens le coup ?

– Ça va, répondit-elle. C'est quoi, tout ce matériel ?

– Ça, tu demanderas à Sam. De toute évidence, il a pris les commandes de l'opération.

(Il l'entoura de ses bras.) On a reçu d'autres e-mails ?

— J'ai éteint l'ordinateur et je l'ai rangé dans un compartiment à bagages. À quoi bon le consulter puisqu'on ne peut pas répondre.

Neil l'embrassa.

— Nos chances de les récupérer sont encore plus grandes avec tout le matériel que Sam a « emprunté ». Là, je suis dans mon élément.

— Tu as déjà participé à des opérations de ce type ? demanda Patricia.

— À l'entraînement, des centaines de fois. En intervention réelle, trois fois.

— Et tu as perdu des otages ?

— Jamais.

Les soldats commencèrent à embarquer le matériel. Quand tout fut chargé, Smitty remonta à bord, suivi de Sam et de son mystérieux passager — aussi éloigné d'un commando Delta qu'un humain puisse l'être. Il était petit — à peine plus d'un mètre soixante —, vieux, malingre, apparemment prêt à se briser à la moindre chute — ce qui semblait imminent chaque fois qu'il se déplaçait sur la passerelle, soutenu par Sam et le capitaine Winters. Ainsi que le capitaine l'avait dit, il portait un costume — à rayures grises —, déchiré aux genoux et aux revers de veste. Ses cheveux blancs, longs et clairsemés, saupoudrés de débris de jungle, rebiquaient tous azimuts. Ses épaisses lunettes cerclées de métal, perchées au bout d'un nez imposant, étaient tordues et embuées de brume panaméenne.

– Je vous présente un vieil ami à moi, dit Sam, le docteur Igor Pavlov.

Pavlov les dévisagea un à un avant de prononcer quelques mots dans une langue qui semblait être du russe.

Sam lui répondit dans la même langue, puis le conduisit vers l'arrière de l'appareil. Le Dr Pavlov boucla sa ceinture, retira ses lunettes, inclina le dossier de son siège et ferma les yeux.

– Le saut en parachute l'a beaucoup éprouvé, expliqua Sam. Un peu de repos, et tout ira bien.

Chacun à bord en doutait – Sam excepté – et se demandait pour quelle étrange raison le Dr Pavlov se trouvait ici. Mais ce n'était pas le moment d'en débattre.

– Le plein est fait, dit le capitaine Winters. Oh, une dernière chose !

Il tira de sa poche un petit cylindre de plastique.

– Qu'est-ce que c'est ?
– Je l'ignore. C'était avec le matériel.

Le capitaine Winters salua et sortit, fermant la porte du jet derrière lui.

Neil ouvrit le cylindre.

À l'intérieur se trouvait un jeu complet de plans du vignoble Aznar et des photos satellite datant de la veille. Il se tourna vers Sam.

— Voilà qui risque de nous être utile.

— Plus que vous ne pensez, dit Sam en prenant les photos.

— Prochaine étape ? demanda Smitty.

— Santiago du Chili, dit Sam. Ensuite, nous partirons pour le domaine Aznar.

Neil fronça les sourcils.

— Pourquoi on n'y va pas directement ?

— Parce que nous ne sommes attendus qu'en début de soirée.

— Attendus ? hurla Neil.

Sans s'expliquer davantage, Sam se tourna vers Patricia.

— Quelle taille de jean faites-vous ? demanda-t-il.

CHAPITRE 29

El Sereno arriva à Atlanta en jet privé, deux heures avant Doris Welty et Don Smites. À peine sur place, il savait déjà dans quel hôtel ils descendaient et quelle chambre ils occuperaient.

Il réserva une chambre située directement au-dessus de la leur, où il s'installa tandis que ses hommes dissimulaient des caméras miniatures et de minuscules micros très sophistiqués dans celle des fédéraux.

Juste à l'heure où le soleil se levait, il vit les deux officiers fédéraux, épuisés, s'effondrer dans leur chambre avec leurs bagages. Don avait à peine défait son nœud de cravate et retiré sa veste quand on frappa à la porte.

Doris regarda par le judas et ouvrit. Un homme et une femme, qui ressemblaient à Neil et Patricia Osborne, entrèrent.

— C'est eux ? demanda un des hommes d'El Sereno.

El Sereno hocha négativement la tête et envoya un e-mail à Alonzo.

Alors qu'il attendait la réponse, son portable sonna.

À l'autre bout de la ligne s'éleva une voix de son passé. Une voix qu'il n'aurait jamais imaginé réentendre un jour. Une voix d'homme disait s'appeler Sam Sebesta. Mais El Sereno le connaissait sous un autre nom.

CHAPITRE 30

Zita Vega attendait avec impatience la séance photo de ce matin. Elle n'aimait pas le garçon et estimait qu'hier Raphaël s'était montré trop tendre avec lui. Aujourd'hui, elle allait lui faire subir un passage à tabac en règle, qui convaincrait Neil de leur donner le journal.

Lorsqu'elle pénétra dans les écuries, trois valets y travaillaient; elle leur donna l'ordre de partir. Les trois hommes obéirent sans discuter, abandonnant leurs fourches dans les box qu'ils nettoyaient.

Elle claqua la porte derrière eux et se dirigea vers le box de Diablo. L'animal sentit d'instinct que ce n'était pas le jour de résister à la femme au regard de reptile. Il se tint parfaitement immobile, le poil luisant de sueur, tandis qu'elle lui passait le licou autour des oreilles et l'attachait au pilastre du box. Il sursauta au bruit de la porte dérobée qui s'ouvrait et tourna la tête, soulagé de voir la femme disparaître dans l'obscurité.

Zita jeta un œil sur sa montre. Sept heures cinq. Elle projetait de les menotter tous les deux, puis de tabasser le garçon sous les yeux de sa sœur. En poussant la porte, elle aperçut Jeanne, assise, seule, sur le canapé. Elle n'avait besoin d'aucune raison, mais elle en avait maintenant une excellente de frapper le garçon : il n'avait pas obéi à ses ordres, il n'était pas prêt.

— Où est ton frère ?

— Sous la douche, dit Jeanne, visiblement effrayée. Il arrive dans une minute.

« Dans cinq secondes, tu veux dire ! » pensa Zita en lui tirant les bras dans le dos et en lui serrant aussi fort que possible les menottes autour des poignets.

La porte de la salle de bains était fermée ; de l'autre côté, elle entendit le bruit de l'eau. Si le garçon avait fermé à clef, elle le tuerait ! Alonzo serait furieux, mais ils auraient toujours la fille ; de toute façon, ils projetaient de les tuer tous les deux, alors...

Elle fut presque déçue, en tournant la poignée, de constater que la porte n'était pas verrouillée. Zita s'approcha de la cabine de douche et repoussa violemment la porte vitrée.

Personne. La cabine était vide.

CHAPITRE 31

Jack se rua hors de la chambre où il était caché et claqua la porte de la salle de bains derrière Œil de Serpent. Une seconde plus tard, Zita se jeta contre la porte avec une violence telle que Jack sentit ses vertèbres sursauter une à une.
– Apporte la planche que j'ai coupée pour caler la porte, hurla-t-il à Jeanne.
– Je ne peux pas !
Il tourna la tête vers sa sœur, lâcha un juron en voyant qu'elle avait les bras menottés dans le dos.
– Viens t'appuyer avec moi !
Jeanne courut rejoindre son frère. Jack tira le marteau et le tournevis coincés sous sa ceinture.

Boum! Œil de Serpent ébranla une nouvelle fois la porte en hurlant de rage. La porte vibra, mais ils réussirent à la maintenir fermée.

Plaçant le tournevis entre la porte et le jambage, Jack le coinça à grands coups de marteau, un court instant avant le troisième coup de boutoir d'Œil de Serpent. La porte résista mieux qu'au deuxième choc. Jack enfonça encore un peu plus le tournevis avant de clouer les cales qu'il avait tirées de sa poche. Chaque nouvelle cale consolidait la porte, ou alors les forces d'Œil de Serpent s'épuisaient.

— Reste appuyée! ordonna Jack à sa sœur tandis qu'il courait chercher le morceau d'étagère caché sous le canapé.

Il coinça une extrémité sous le bouton de la porte et l'autre contre le bout qu'il avait fixé au plancher.

— J'espère que ça va tenir, dit-il.

— J'espère aussi, dit Jeanne. Qu'est-ce qu'on fait pour ça?

Elle se retourna pour lui montrer les menottes. Jack attrapa le trousseau de clefs que Zita avait laissé dans la serrure de l'entrée. Il y trouva une clef minuscule qui était celle des menottes.

Œil de Serpent continuait à hurler et à se jeter contre la porte de la salle de bains. Jack pria pour que la porte du bunker soit aussi bien insonorisée qu'elle en avait l'air et que le talkie accroché à la ceinture de Zita ne fonctionne pas dans le sous-sol.

— Tu penses qu'on a combien de temps devant nous ? demanda Jeanne en se massant les poignets pour faire circuler le sang.

— Le temps qu'on vienne la libérer. Il faudra décoincer les cales au burin, ça risque de prendre un bon moment.

Restait à savoir combien de temps s'écoulerait avant que quelqu'un s'aperçoive de l'absence d'Œil de Serpent. Jack alla dans la chambre chercher son sac à dos qu'il avait rempli de provisions, d'eau et autres objets de première nécessité.

— Prête ?

— Je crois, dit Jeanne sans conviction.

Ils sortirent, et alors que Jack s'apprêtait à fermer la porte à clef, il hésita un instant.

— Attends.

Il retourna chercher le marteau.

— Qu'est-ce que tu fiches encore ? demanda Jeanne.

Sans lui répondre, il verrouilla la porte, puis asséna un violent coup de marteau sur la clef, qui cassa net à l'intérieur de la serrure.

— Ça devrait encore les ralentir un peu.

Il fourra les autres clefs au fond de sa poche.

CHAPITRE 32

Tandis que Jeanne et Jack remontaient l'escalier dérobé, Alonzo Aznar, lui, marchait de long en large dans sa cellule comme un lion qui attend de faire son entrée sur la piste du cirque.

Malgré la mise en scène organisée par les fédéraux pour qu'on les croie là-bas, les Osborne n'étaient pas à Atlanta. El Sereno avait pu suivre leurs traces jusqu'à l'aéroport de Dallas, ensuite, c'était le trou noir. Le Guetteur surveillait toujours les fédéraux avec les caméras dissimulées dans leur chambre d'hôtel, mais jusqu'ici, ça n'avait rien donné de plus. Cependant, si Alonzo était hors de lui, c'était surtout parce que les trois e-mails qu'il avait adressés à

Neil, lui intimant l'ordre de dire où il se trouvait, étaient revenus sans réponse. Il ne pouvait pas tolérer une telle insolence. Neil allait recevoir un châtiment qu'il n'oublierait jamais.

Alonzo adressa un nouveau message à son frère, sur le portable :

Tuez le garçon maintenant.

* * *

Quelques minutes plus tard, un des détenus qu'il avait soudoyés s'arrêta devant sa cellule.

— Qu'est-ce que tu veux ?

— Rien de spécial. Je m'inquiétais, dit l'homme. Vous n'êtes pas descendu à la cafétéria depuis deux jours.

— Et alors ?

— Je pensais que vous aviez peut-être faim.

Il lui tendit un hamburger enveloppé dans un sac en papier.

Alonzo le dévisagea d'un air soupçonneux

— D'où ça vient ?

— C'est un des gardiens, dit le détenu. Il les achète en venant travailler. C'est sur son chemin. Ça coûte deux fois plus cher, mais c'est tout de même meilleur que la bouffe infâme qu'on nous sert ici. Mais si vous n'en voulez pas, pas de problème, je le garde pour moi.

— Donne ! dit Alonzo.

CHAPITRE 33

Jack partit en tête dans les escaliers, espérant que les écuries seraient désertes, comme la veille. Elles l'étaient, Diablo mis à part, évidemment. Quand Jack poussa la porte, le cheval faillit lui fracasser le crâne. Les énormes sabots le manquèrent de peu. Il eut un mouvement de recul, bouscula Jeanne qui dégringola jusqu'en bas des marches, et atterrit sur elle.

– Qu'est-ce que tu fiches ! hurla-t-elle.

– La ferme ! souffla-t-il. Il y a peut-être des gens dans l'écurie. Ce démon de cheval m'a attaqué.

Ils se relevèrent.

– Comment on va l'éviter ? chuchota-t-elle.

— J'en sais rien, mais on doit faire vite.

Jack remonta les escaliers à pas de loup pour évaluer la situation. De là où il était, deux marches en contrebas du palier, l'étalon avait tout du Tyrannosaure Rex.

Tournant vers Jack sa tête énorme, Diablo le fixa de ses petits yeux pervers qui semblaient dire : « Je n'ai pas fini d'en découdre avec toi. Approche donc si tu l'oses ! » Jack ne savait pratiquement rien sur les chevaux. Il savait, en revanche, que Jeanne et lui devaient sortir de cette grange coûte que coûte. Il retira son sac à dos et le lança à Jeanne, en bas des marches.

— Ne monte pas avant que je t'appelle, dit-il.

— Qu'est-ce que tu vas...

Jack se rua vers l'étalon, se disant que soit il franchirait l'obstacle, soit ce serait sa tête qui, cette fois, roulerait au bas des marches. Il ne sut jamais vraiment ce qui arriva réellement, mais ce fut sacrément douloureux. Il partit en vol plané s'écraser sur le sol, comme un sac de gravier ; il s'attendait à être déchiqueté par les sabots mais lorsqu'il rouvrit les yeux, il s'aperçut qu'il était allongé sur le dos dans l'allée centrale, et que, grâce au ciel, Diablo était toujours dans son box. La chute lui avait coupé le souffle, mais, apparemment, il ne s'était rien cassé.

Il se releva avec précaution, soulagé de constater qu'il était toujours en un seul morceau et qu'il n'y avait personne dans la grange pour homologuer ce record du saut en longueur.
— Jack ? cria Jeanne, inquiète.
Il se rapprocha du box.
— Ça va. Reste où tu es pendant que je cherche comment éloigner ce démon de ton chemin.

La solution fut toute simple. Il détacha le licou que lui avait passé Œil de Serpent et ouvrit largement la porte du box. Diablo s'élança hors de sa prison comme un boulet de canon, ruant, s'ébrouant avec délice jusqu'à l'autre extrémité de la grange.
— La voie est libre, dit Jack.

Jeanne grimpa les escaliers, le sac à dos de son frère dans une main. Il referma derrière elle la porte dérobée.
— Et maintenant, on va où ? demanda-t-elle.

Jack tourna les yeux du côté de Diablo, toujours en train de s'ébattre et de marteler les murs de bois à grands coups de sabots.
— Pas par là, en tout cas !

Il prit le sac à dos et entraîna Jeanne dans la direction opposée.

Il allait poser la main sur la poignée de la porte, lorsque celle-ci pivota de l'extérieur. Jack eut tout juste le temps de saisir sa sœur par un bras et de la tirer en arrière. Trois hommes se précipitèrent à l'intérieur, hurlant en espagnol. Jack pensa d'abord qu'ils étaient à leur recherche, mais il devint vite clair que Diablo était la cause de leur affolement. L'un d'eux s'empara d'un lasso, et tous les trois ensemble, ils s'avancèrent avec précaution vers l'animal, sans se douter un instant de la présence, derrière eux, des deux fugitifs.

Jack attendit que Diablo retienne leur attention, ce qui ne fut pas long, car il profitait pleinement de sa liberté et était prêt à affronter les trois hommes pour la conserver.

Dès que la lutte s'engagea, Jack et Jeanne se hâtèrent dehors, où ils furent littéralement aveuglés par la forte lumière matinale après les vingt-quatre heures passées sous terre. Jeanne fut la première à se ressaisir et elle entraîna Jack derrière la grange, où ils se cachèrent à l'abri d'un buisson, à quelques mètres d'un enclos.

— Et maintenant ? dit-elle.

Jack était incapable de lui répondre — encore abasourdi qu'ils aient réussi à en arriver là. Deux hommes passèrent à proximité. L'un d'eux hurlait en espagnol dans un talkie. Comme Raphaël, il était habillé en cow-boy des pieds à la tête, deux revolvers six coups suspendus à la ceinture. Jack supplia qu'il ne soit pas en train de parler avec Œil de Serpent.

— On s'enfuit ou on se cache, finit par dire Jack. On n'a pas d'autre choix.

Se cacher lui semblait une meilleure solution. Ils n'iraient pas bien loin s'ils s'enfuyaient. Il faudrait environ une heure pour débloquer la porte du bunker, une fois signalée la disparition d'Œil de Serpent. Une difficulté supplémentaire venait de ce qu'on était en plein jour ; il aurait été plus malin d'exécuter leur plan le soir, mais Jack avait le sentiment que s'ils avaient attendu jusque-là, il aurait été trop tard.

— S'enfuir, ou se cacher, mais *où ?* demanda Jeanne.

Jack n'en avait pas la moindre idée. Une chose était sûre, ils ne pouvaient pas rester là. Un autre cow-boy passa près d'eux, sans les voir.

De ce côté de la grange, il y avait plusieurs corps de bâtiments, qu'il n'avait pas remarqués en arrivant la veille. Sur une colline surplombant l'endroit où ils se cachaient, une imposante demeure dominait le lac. En contrebas, le long de la rive, se dressait un étrange décor : une ville, tout droit sortie d'un paysage de l'Ouest américain, avec ses saloons, ses boutiques, ses auberges, son maréchal-ferrant... Et même une église. Un chariot de provisions tiré par un cheval cahotait dans la poussière de la rue principale, longue d'un pâté de maisons ;

attachés à l'extérieur des bâtiments, des chevaux attendaient.

– Tu crois qu'ils ont un shérif ? murmura Jack.

Jeanne contempla la ville qui s'étendait devant eux.

– Je suppose qu'avec leur fortune les Aznar peuvent bien s'offrir n'importe quoi. Mais je ne les vois pas engager un shérif. À quelle distance se trouve Mendoza ?

– Une trentaine de kilomètres, dit Jack. Peut-être un peu plus. Je vote pour trouver un endroit où se cacher. À mon avis, ils ne s'attendent pas à ce qu'on traîne dans le coin et on aura une meilleure chance de filer à la nuit.

– D'accord.

Ils coururent jusqu'au bâtiment le plus proche. La porte était verrouillée.

– Essaie une des clefs, suggéra Jeanne.

Jack sortit le trousseau de sa poche et, à la quatrième tentative, il trouva la bonne. Poussant la porte avec précaution, il scruta l'intérieur d'un regard attentif. Les lumières étaient éteintes et personne ne semblait se trouver dans les parages. Il fit entrer Jeanne et referma la porte à clef derrière eux.

Au premier abord, on aurait cru une sorte de remise. Des centaines de fûts en chêne s'empilaient le long des murs sur sept ou huit rangées de hauteur et de nombreuses palettes en chêne jonchaient le sol. Au-dessus des fûts s'alignaient plusieurs fenêtres aux vitres poussiéreuses, qui laissaient filtrer juste assez de jour pour y voir un peu.

— C'est un atelier de tonneaux, dit Jack, s'approchant d'un établi pour examiner les outils.

Des limes, des maillets, des burins, des scies et des pinces coupantes s'y entassaient. Il alla ensuite regarder les tonneaux et s'aperçut qu'ils étaient vides et faciles à déplacer.

— On va pouvoir se bricoler une jolie cachette pour attendre la nuit.

— Et les souris ? dit Jeanne.

— Et Raphaël ?

C'était méchant, mais la remarque eut l'effet désiré. Elle l'aida tout de suite à déplacer les fûts. Dix minutes plus tard, leur cachette était prête.

Jack s'y glissa le premier et Jeanne le suivit dès qu'il se fut assuré qu'il n'y avait pas de souris.

— Comment tu as fait pour passer près de Diablo ? demanda-t-elle.

— Soit il a rué, soit il a botté, je ne sais pas exactement ! Ce qui est sûr, c'est qu'il m'a expédié hors du box.

— En tout cas, c'était impressionnant.

— C'était désespéré, corrigea Jack.

CHAPITRE 34

Raphaël Aznar se réveilla vers onze heures du matin, ce qui, pour lui, était relativement tôt, mais il avait beaucoup à faire.

Le jamboree avait lieu le soir même. Trente-cinq personnes devaient arriver par avion au domaine. La réunion annuelle du cartel se tiendrait à Durango, la vieille ville de l'Ouest qu'il avait fait construire d'après des plans qu'il avait lui-même dessinés – tout y était parfaitement authentique, du goudron sur les toits aux crachoirs en cuivre sous les comptoirs des saloons. Il s'avança sur le balcon de sa chambre, une tasse de café à la main pour contempler sa ville. Les préparatifs allaient bon train, tout le nécessaire – provisions et équipements divers – était acheminé par des voitures à cheval et des charrettes à bras.

Les véhicules motorisés n'étaient pas autorisés à Durango, pas plus que l'électricité ou les téléphones portables, les talkies-walkies, les armes automatiques, les vêtements synthétiques ou tout autre objet qui n'existait pas en 1871.

Se rappelant le premier jamboree, plusieurs années auparavant, Raphaël esquissa un sourire. Les invités n'avaient pas apprécié de se voir confisquer leurs armes et leurs téléphones portables ni d'être obligés de troquer leurs vêtements pour s'habiller à la mode de l'Ouest. Mais les protestations s'étaient tues dès qu'ils avaient pénétrés dans la ville. L'année suivante, chacun était venu vêtu comme il convenait et armé de colts, de Winchester à répétition et de couteaux à cran d'arrêt. Cette année, la fête serait différente des années passées. Pour la première fois, Alonzo serait absent. Les deux frères s'étaient demandé s'il n'était pas préférable de l'annuler, ou tout au moins de la reporter jusqu'à la libération d'Alonzo. Mais qu'ils la reportent ou qu'ils l'annulent, l'exaspération de leurs partenaires grandissait. Chaque jour passé en prison accroissait la difficulté de maîtriser les fortes têtes. Certains menaçaient même de monter leurs propres opérations et, ce soir, la mission de Raphaël serait de tuer ces initiatives dans l'œuf. Dès lors qu'ils détenaient les enfants Osborne dans le sous-sol des écuries, la libération d'Alonzo était garantie.

Des rencontres en petits comités se dérouleraient dans une pièce retirée, à l'écart des saloons. Les membres du cartel y seraient conduits individuellement, ou par petits groupes, et là, on leur expliquerait ce qu'on attendait d'eux pour l'année suivante. Si Alonzo s'était maintenu à la tête de son empire, c'était parce qu'il avait totalement cloisonné le cartel. Chaque membre de l'organisation ne connaissait que sa section du puzzle. En cas d'arrestation, il ne pouvait dévoiler aux autorités qu'une infime partie d'un vaste ensemble.

C'était pour cette raison que le journal de Neil Osborne était si important. Dieu sait comment, ce pilote de malheur avait réussi à reconstituer les morceaux du puzzle et à les rassembler.

Raphaël consulta ses notes. Il avait écrit sur des petites fiches ce qu'Alonzo voulait précisément qu'il dise à chaque personne. Il espérait que ça ne lui prendrait pas trop de temps, il voulait, lui aussi, profiter de la fête.

Il quitta le balcon, passa dans la salle de bains prendre une douche et s'habiller. Il était en train de boucler son ceinturon lorsqu'il se rappela qu'il n'avait pas consulté son ordinateur. Il le sortit du tiroir de la commode et trouva l'e-mail d'Alonzo.

Tuez le garçon maintenant.

Apparemment, le passage à tabac de Zita n'avait pas été assez convaincant pour que Neil leur remette son journal. Raphaël était content que son frère décide de tuer le garçon en premier, et non la fille. Il nourrissait quelques projets à son égard.

Il appela Zita sur le talkie et fut surpris et irrité qu'elle ne réponde pas. Ça ne lui ressemblait pas. En descendant, il demanda aux domestiques s'ils l'avaient vue, mais depuis ce matin très tôt, personne ne l'avait croisée.

Il était furieux. Il n'avait pas de temps à perdre, ce n'était pas le jour. Il hurla plusieurs ordres à son personnel concernant les préparatifs de la soirée avant de quitter la maison. En entrant dans les écuries, il interrogea un palefrenier.

— Ce matin, elle nous a donné l'ordre de vider les lieux, expliqua-t-il en tremblant. Un peu plus tard, on a entendu des coups de sabots venir de l'intérieur, alors on s'est précipités et on a trouvé Diablo, en liberté. On a eu beaucoup de mal à l'attraper et à le ramener dans son box. Señorita Zita n'était pas là.

À présent, Raphaël était franchement inquiet. Il repoussa l'homme dehors et claqua la porte de la grange derrière lui.

Diablo hennit doucement, comme un jeune poulain en apercevant son maître. Raphaël s'approcha du box et tira de sa poche plusieurs morceaux de sucre.

– Alors, qu'est-ce qui t'est arrivé ce matin ? Tu t'es bagarré avec les gars ?

Raphaël ouvrit la porte du box et Diablo sortit aussi paisiblement qu'un vieux cheval de troupe.

– Alonzo sera bientôt rentré, lui dit-il en lui passant un licou sans que l'animal se rebiffe. Alors on reprendra notre ancienne vie, tous les deux. Moi aussi, j'en ai marre d'être coincé dans cette maison, comme toi dans ce box.

Il attacha Diablo à un pilastre, ouvrit le passage secret et s'engagea dans les escaliers.

Il remarqua tout de suite le marteau abandonné devant la porte. Il le ramassa, troublé ; et si Zita avait frappé le garçon avec ? Peut-être s'était-elle laissé emporter ; elle l'avait tué, et du coup, elle craignait de répondre à la radio. Les ordres devaient être exécutés à la lettre comme ils étaient transmis – ni plus, ni moins. Pourvu qu'elle n'ait pas complètement pété les plombs et que, dans la foulée, elle n'ait pas tué la fille.

En essayant de glisser sa clef dans la serrure, Raphaël s'aperçut qu'elle ne rentrait pas. Il se pencha pour mieux regarder et comprit à quoi le marteau avait servi. Il remonta les escaliers quatre à quatre et chercha une nouvelle fois à joindre Zita sur la radio. Son appel resta sans réponse. Avant de redescendre, il attrapa quelques outils.

Après s'être échiné une vingtaine de minutes à retirer la clef cassée de la serrure, il finit par abandonner et, à l'aide d'un marteau de forgeron, il arracha la serrure de la porte. Soufflant comme un taureau, il dégaina son revolver, retira le cran d'arrêt, et se précipita dans la chambre, espérant que les enfants s'y trouveraient.

Personne.

Alors il remarqua la planche de bois coincée contre la porte de la salle de bains. Il l'envoya rageusement valser à travers le salon, où elle atterrit sur la télévision, puis il passa encore une demi-heure à dégager les cales coincées entre le chambranle et la porte tandis que, de l'autre côté, Zita arc-boutée poussait de toutes ses forces. Quand elle s'ouvrit enfin, Raphaël reçut la porte en plein front et s'écroula à demi assommé.

Furieux, il dégaina son revolver. Il aurait tiré mais l'expression de rage qui déformait le visage de Zita l'en empêcha. Elle avait perdu une de ses lentilles de contact, ce qui donnait à ses yeux deux couleurs différentes. Il crut qu'elle allait tout casser et recula pour éviter le carnage.

Elle lâcha un rugissement démoniaque, qui lui glaça le sang et lui hérissa tous les poils du corps. Quand elle se tut, elle saisit une des lourdes chaises en cuir et la lança au milieu de la pièce. Après quoi, elle ferma les yeux et respira profondément.

— Quelle heure est-il ? interrogea-t-elle, presque calme.

Raphaël se releva et consulta sa montre gousset.

— Midi.

Il aurait bien aimé savoir comment elle avait pu se laisser manœuvrer par deux adolescents, mais il jugea que le moment était mal choisi pour poser la question. Il se contenta de transmettre les dernières instructions d'Alonzo et lui demanda si elle avait tabassé le garçon avant que sa sœur et lui ne s'échappent.

— Non, dit-elle. Mais je me ferai un plaisir de les tuer tous les deux.

— Ils ont cinq heures d'avance, rappela Raphaël, ça ne sera pas facile...

— Je vais organiser les recherches, dit Zita.

Rien n'aurait fait tant plaisir à Raphaël que de réunir une petite troupe pour partir à cheval à la poursuite des fuyards. Mais deux obstacles se présentaient. Primo, personne au domaine n'était au courant de la présence des enfants Osborne. Secundo, tout le personnel était occupé à préparer le jamboree. Zita semblait l'avoir oublié.

— C'est simple, on va prévenir tout le monde et annuler le jamboree, dit-elle.

Raphaël secoua la tête.

— Tant qu'on n'a pas reçu les ordres d'Alonzo, on ne prévient qu'un petit nombre de personnes de confiance. Et il est trop tard pour annuler le jamboree. Les gens sont déjà en route et certains viennent du Japon, des États-Unis ou d'Europe.

— Vous n'êtes qu'un imbécile ! lança Zita agacée, en remontant les escaliers quatre à quatre.

« *Un imbécile ?* se dit Raphaël en lui emboîtant le pas. Ce n'est tout de même pas moi qui ai laissé ces deux mômes s'échapper ! » Il la retrouva dans la grange occupée à lire les e-mails sur son portable.

Il y avait cinq messages d'Alonzo. Tous plus insistants, la pressant de lui transmettre les dernières nouvelles.

— Vous allez lui dire que les enfants se sont échappés ou vous voulez que je m'en charge ? demanda Raphaël.

— Je vais le faire.

Elle rédigea un message et appuya sur « ENVOI », non sans anxiété.

CHAPITRE 35

Alonzo n'était pas du tout dans l'état de recevoir ce message. Allongé à l'arrière d'une ambulance toutes sirènes hurlantes et tous phares allumés, il filait vers l'hôpital local.

Vers midi, il avait commencé à ressentir un pincement au cœur et à avoir le souffle court. Il avait tout d'abord pensé à une intoxication alimentaire provoquée par le hamburger que lui avait apporté son codétenu, ou à une réaction secondaire causée par les tensions de ces derniers jours.

En réalité, ce n'était ni l'un ni l'autre. Alonzo Aznar faisait une crise cardiaque.

Il sortit en chancelant de sa cellule pour appeler à l'aide. Deux détenus et un gardien se précipitèrent. Dix minutes plus tard, les ambulanciers arrivaient et le sortaient au pas de course de la prison, solidement attaché à un brancard.

Le temps d'arriver à l'hôpital, son état était stationnaire et Alonzo insista pour qu'on le reconduise dans sa cellule.

Le jeune interne des urgences refusa.

— On va vous garder ici au moins deux jours, peut-être plus. Nous devons vous faire un certain nombre d'examens.

— Je veux voir mon avocat, dit Alonzo.

— Je transmettrai aux gardiens, promit le docteur. Mais ce n'est pas lui qui soignera votre problème cardiaque !

CHAPITRE 36

Neil posa le jet sur l'aéroport de Santiago du Chili, sans connaître la suite des opérations. Sam ne leur avait communiqué que les grandes lignes de son plan, leur promettant d'entrer dans les détails au fur et à mesure qu'ils se rapprocheraient du domaine Aznar.

– On est à une centaine de kilomètres de Mendoza, dit Smitty, assis dans le siège du copilote, les yeux fixés sur la carte de navigation.

Grâce à Sam, ils étaient quasiment certains que Jeanne et Jack se trouvaient sur le domaine Aznar. Les photos satellite montraient clairement un jet, identique à celui qu'ils pilotaient, atterrissant la veille sur la piste du vignoble. Le vol avait quitté Los Angeles la nuit précédente.

La tour de contrôle donna l'ordre à Neil de conduire le jet vers un hangar isolé à un demi-kilomètre environ de l'aérogare principale. Une limousine noire les attendait. Alors que Neil arrêtait les moteurs de l'avion, deux hommes en costumes noirs et lunettes de soleil en descendirent par les portières arrière.

— Des barbouzes! déclara Smitty.

Neil en doutait. Ils ressemblaient plus à des diplomates qu'à des espions. Peut-être étaient-ils venus pour les détourner de leur projet... Qu'ils essaient toujours! Rien ne l'empêcherait de décoller ni de traverser les Andes. Rien ne l'empêcherait d'aller sauver ses enfants!

Sam contourna l'avion par l'avant pour aller à la rencontre des deux types. Ils échangèrent quelques phrases, puis l'un des deux hommes retourna près de la voiture, dont il ouvrit le coffre. À l'intérieur, il y avait des paquets et une chaise roulante.

— On a un blessé? s'étonna Smitty.

— J'en sais rien, dit Neil en détachant sa ceinture de sécurité. Allons voir ça.

À l'arrière de la cabine, Sam passait les paquets à Patricia. Le Dr Pavlov semblait avoir repris le dessus et il sirotait un café noir tout en lisant un document sur l'ordinateur de Sam.

Neil aida Patricia à ranger le dernier paquet, et Sam referma la porte de l'appareil.

— Qu'est-ce que c'est que tout ce bazar ? demanda Smitty en montrant les paquets et la chaise roulante.

— Des déguisements, répondit Sam. Voici mon plan...

CHAPITRE 37

Benjamin Bender traversa le couloir menant vers la chambre d'Alonzo. Avec les deux imposants policiers en uniforme qui montaient la garde juste devant la porte, il n'était pas difficile de deviner laquelle c'était. Il présenta sa pièce d'identité et ils s'effacèrent pour le laisser entrer.

– Vous en avez mis un temps ! s'exclama Alonzo avec irritation.

Il était allongé dans son lit, soutenu par des oreillers, une perfusion dans un bras, et une batterie de fils scotchés sur sa poitrine, sous la fine chemise d'hôpital, le reliait à un électrocardiographe.

— J'étais au palais quand vous avez appelé, mentit Bender.

Alonzo lui lança un regard noir.

En réalité, Bender était au golf et il avait laissé son téléphone portable dans son casier de vestiaire au club house. Ce n'était pas le genre de détail qu'il pouvait avouer à Alonzo. Lorsque son bureau l'avait appelé pour lui annoncer qu'Aznar venait de faire une crise cardiaque, il en avait presque sauté de joie, se disant que ses problèmes approchaient de leur terme. Mais ses espoirs furent brisés net lorsqu'il joignit l'hôpital et que l'infirmière lui confirma qu'Alonzo était en vie et que son état était stable.

À cet instant précis, Alonzo semblait loin d'être « stable ».

— Quand est-ce que je sors d'ici ? rugit-il.

Les signaux du moniteur cardiaque s'accélérèrent.

— Vous avez récupéré mon ordinateur ?

— On ne m'a pas autorisé à prendre quoi que ce soit dans votre cellule, dit Bender. Mais à votre place, je ne m'inquiéterais pas, votre ordinateur est crypté et personne ne peut consulter votre boîte de réception.

— Le problème n'est pas là ! hurla Alonzo.

Bender tourna la tête vers la porte.

— Il y a deux flics postés dans le couloir.

Alonzo ferma un instant les yeux et respira profondément. En rouvrant les yeux, il demanda d'une voix plus calme :
— Est-ce que vous avez parlé à Raphaël ?
Bender fit signe que non.
— Je l'ai appelé trois fois, mais, comme d'habitude, il ne répond pas à son portable.
— Insistez ! ordonna Alonzo, même s'il savait que c'était inutile.
Raphaël aurait préféré cacher un serpent à sonnette dans sa poche plutôt que d'y garder son téléphone portable.
Bender hocha la tête.
— Le bon côté de la situation... avança-t-il, c'est que votre hospitalisation nous donne une meilleure chance de faire reporter le procès.
— Ce n'est plus nécessaire, dit Alonzo.
— Qu'est-ce que vous voulez dire ?
Alonzo entreprit de révéler à Benjamin Bender des faits que ce dernier aurait de beaucoup préféré ignorer.

CHAPITRE 38

Jack ne supportait plus de rester terré. Il avait chaud, il se sentait pris dans un étau. Il avait la chair de poule. De loin en loin, ils entendaient un moteur de camion, des grincements de roues de brouette, quelques mots échangés en espagnol, mais apparemment personne ne semblait rechercher deux gamins en fuite. C'était une journée de travail comme les autres, au vignoble Aznar – jusqu'à ce que les avions arrivent.
– Tu entends ? chuchota Jack.
– Difficile de ne pas entendre, dit Jeanne. Les murs en tremblent encore.
Elle avait raison. La poussière pleuvait des poutres les plus élevées, et les murs et le toit

de tôle ondulée vibraient comme des cymbales.

Jack ferma les yeux pour mieux écouter.

— Il a atterri, dit-il.

Deux minutes plus tard, un second jet arrivait.

— Qu'est-ce qui se passe ? demanda Jeanne.

Poussé par l'envie de sortir de ce trou, Jack proposa d'aller voir. Il commença à écarter les tonneaux.

— Une petite minute ! (Jeanne le retint par le bras.) Je croyais qu'on devait attendre la nuit.

Jack libéra son bras.

— J'ai changé d'avis !

Il déplaça un autre tonneau.

— Écoute-moi, au moins !

— Non !

Repoussant le dernier tonneau, il se redressa. Jeanne le suivit.

— T'es pas dingue !

Trop occupé à récupérer son souffle et ses esprits, il se sentait incapable de parler. Au bout d'un moment, un peu calmé, il lui adressa un regard gêné.

— Je me demande si je suis pas claustrophobe.

— C'est bien le moment !

— Parce que tu crois que je fais exprès !

Un autre avion passa au-dessus de leurs têtes. Il faisait beaucoup plus sombre, à présent, dans l'atelier, mais un peu de jour filtrait encore à travers les fenêtres élevées.

— Dans moins de deux heures il fera nuit, ajouta Jeanne plus gentiment. Il faut retourner se cacher.

L'idée de retourner dans ce trou noir et exigu s'apparentait à un supplice, pourtant Jack savait que sa sœur avait raison.

— D'accord, dit-il. Mais je veux d'abord essayer de grimper aux fenêtres voir ce qui se passe dehors.

Sans laisser à Jeanne le temps de protester, Jack s'élança à l'assaut périlleux des fûts de chêne, empilés sous les fenêtres comme des tours branlantes, sur une hauteur de presque six mètres. Arrivé au sommet, en sueur, couvert de poussière de bois, il baissa les yeux vers sa sœur. Les poings sur les hanches, elle le contemplait d'un air furieux. Comment la blâmer ? Si elle s'était lancée dans ce genre de cascade, lui aussi aurait été furieux.

D'un revers de main, il essuya la poussière d'un carreau et fut récompensé par un magnifique spectacle : le lac, la vieille ville et, en arrière-plan, la piste d'atterrissage. Des passagers étaient en train de débarquer de l'un des trois élégants jets privés stationnés en bord de piste et de monter à bord d'une limousine blanche.

CHAPITRE 39

La chance n'était pas avec Zita, les enfants Osborne restaient introuvables. Et Raphaël n'avait permis qu'à six hommes de l'accompagner – ce qui ne facilitait pas les recherches.

Mendoza se trouvait à une quarantaine de kilomètres du domaine. Le seul chemin pour s'y rendre était une route privée, protégée par une barrière et surveillée par des gardiens. Elle doutait que les deux adolescents puissent parvenir jusque là-bas. À tout hasard, elle y avait expédié deux hommes. Deux autres patrouillaient en 4×4 sur la route et les chemins de terre. Les deux derniers survolaient la propriété en hélicoptère.

Jusqu'à présent, les recherches n'avaient rien donné. Et Zita en arrivait à la conclusion que les enfants Osborne étaient toujours dans la propriété. Si c'était le cas, les retrouver ne serait pas facile. Le vignoble Aznar était un vaste complexe, avec des douzaines de bâtiments, et grâce au trousseau de clefs qu'ils lui avaient volé, les enfants Osborne pouvaient pénétrer partout. Il lui aurait fallu le double de gens pour les retrouver.

Elle était à la fois soulagée et inquiète qu'Alonzo n'ait répondu à aucun de ses mails – même pas celui dans lequel elle expliquait que les gosses avaient disparu. Elle espérait bien avoir récupéré les deux adolescents avant qu'il lui réponde, pourtant, elle s'inquiétait, ça ne ressemblait pas à Alonzo de ne pas répondre.

Depuis le bureau du premier étage où elle avait installé son Q.G., Zita entendit Raphaël accueillir un nouveau groupe d'invités, au rez-de-chaussée. Seules une vingtaine de personnes étaient arrivées pour le moment. Dès qu'ils seraient tous là, les invités seraient conduits à Durango en voitures à cheval.

C'était la dernière occasion pour Zita de discuter avec Raphaël. À partir de l'instant où le jamboree serait officiellement ouvert, il serait trop occupé à transmettre les ordres d'Alonzo aux membres du cartel pour s'intéresser à elle.

Elle sortit de la pièce et plongea le regard vers le somptueux vestibule où les invités discutaient tout en dévorant des canapés et en sirotant le vin de la propriété. Raphaël était en train d'expliquer à un groupe d'invités, dont c'était visiblement la première visite, les coutumes vestimentaires de Durango. Il claqua dans ses doigts et une domestique se précipita. Elle conduisit le groupe, un peu désorienté, vers la salle des costumes où on leur prêterait des vêtements.

Zita descendit les escaliers quatre à quatre et elle entraîna Raphaël dans la bibliothèque, refermant la porte derrière eux.

— Alors ?
— Toujours rien.

Raphaël la dévisagea, mécontent.

— D'après moi, ils sont toujours sur la propriété, dit Zita. J'ai besoin de plus d'hommes pour les chercher.

— J'ai mis à ta disposition tous ceux dont je peux me séparer.

— Si on ne les retrouve pas, Alonzo ne sortira pas de prison !

— Alonzo sera libéré quelle que soit l'issue du procès. Fais-moi confiance ! (Raphaël la toisa, le regard glacial.) Et à sa sortie, peut-être même avant, il punira ton incompétence ! Ton incapacité à empêcher ces deux imbéciles de s'enfuir !

Pour Zita, les enfants Osborne n'étaient pas des imbéciles, en revanche, l'homme debout devant elle, si. Et en plus, il était dangereux. Pour cette raison, elle préférait le ménager.

— Vous avez des nouvelles d'Alonzo ?

— Non, mentit Raphaël.

En fait, il n'avait pas consulté son ordinateur depuis le matin.

— Moi non plus, dit Zita. Ça ne lui ressemble pas.

Raphaël fronça les sourcils. Sur ce point, au moins, elle avait raison. Son frère aurait dû répondre à l'e-mail de Zita. À moins que ce soit à lui qu'Alonzo ait répondu. La disparition des enfants avait dû le plonger dans une telle colère qu'il demandait à son frère de punir Zita de sa trahison. Raphaël s'en réjouissait d'avance. Depuis l'arrestation d'Alonzo, elle lui manquait de respect de plus en plus souvent et il commençait à en être excédé.

— Dans ton propre intérêt, trouve-les ! lança-t-il.

Sur ce, il tourna les talons et sortit de la bibliothèque. Il traversa le vestibule à grandes enjambées, sans adresser la parole à personne, monta quatre à quatre les escaliers qui menaient à sa chambre et alluma le petit ordinateur.

Il n'y avait aucun courrier en attente dans sa boîte de réception. Qu'est-ce que ça signifiait ? D'une main hésitante, il rédigea un texte pour son frère, lui demandant s'il avait reçu le message de Zita concernant les enfants Osborne. Il n'eut même pas l'idée de consulter la messagerie de son téléphone portable, posé sur la commode et dont le signal d'appel clignotait.

Un nouvel avion était sur le point d'atterrir.

Il s'avança sur le balcon pour le regarder se poser. Il attendait encore trois groupes d'invités dans la prochaine heure – ensuite, tout le monde serait arrivé. Le jamboree pourrait officiellement commencer.

CHAPITRE 40

Pendant que Jack était perché au sommet des tonneaux, deux nouveaux avions atterrirent. Il savait qu'il était grand temps de redescendre, mais il n'avait aucune envie de retourner s'enfermer dans leur terrier. En bas, il faudrait aussi affronter la colère de Jeanne, qui grandissait de minute en minute. Il essayait tant bien que mal de se persuader qu'il était plus utile de chercher à comprendre ce qui se passait dehors plutôt que de redescendre se cacher dans leur trou à rats.

Un autre jet se posa. Si seulement il avait eu des jumelles pour voir de plus près les gens qui en descendaient ! Décidément, il se passait un événement important à la propriété. Il devait trouver le moyen de l'utiliser à leur avantage...

Il se pencha par-dessus bord pour voir ce que faisait sa sœur. Comme il s'y attendait, elle trépignait, tournant vers lui des regards furieux. Il allait lui annoncer son intention de rester là-haut encore quelques instants quand la porte s'ouvrit.

Jeanne s'élança comme une flèche, mais elle ne fit pas plus de trois pas.

– Reste où tu es ! hurla Œil de Serpent.

Jeanne s'arrêta net.

En moins de dix enjambées, Œil de Serpent fut près d'elle. Elle saisit Jeanne par le poignet. Dans l'autre main, elle tenait un petit revolver.

– Où est ton frère ?

– Je ne sais pas.

Œil de Serpent lui tordit le poignet.

Jeanne hurla.

– On s'est séparés !

Jack songea bien assommer Œil de Serpent en balançant un tonneau par-dessus bord, mais elle était trop près de Jeanne. Il décida de se rendre. Mais sans lui en laisser l'occasion, Œil de Serpent se déchaîna, elle se mit à hurler, à cogner sur tout ce qui se trouvait à proximité, tirant Jeanne de l'autre main tandis qu'elle esquivait les tonneaux qui s'effondraient comme un château de cartes.

Jack plongea désespérément en avant pour se raccrocher à la poutre centrale, un quart de seconde avant que la rangée de tonneaux, au sommet de laquelle il se tenait, ne se fracasse sur le sol comme un pan de falaise. Il demeura suspendu dans l'air un moment, avant de réussir à se hisser derrière un énorme ventilateur suspendu au toit de tôle. Il s'attendait à voir Jeanne et Œil de Serpent écrasées sous les décombres, mais, couvertes seulement d'un manteau de sciure, elles semblaient entières.

— Je vous avais bien dit qu'il n'était pas là ! toussota Jeanne.

De rage, Œil de Serpent envoya encore plusieurs coups de pied dans des tonneaux.

Là encore, Jack caressa l'idée de se rendre. Mais d'un autre côté, comment pourrait-il aider sa sœur s'il était prisonnier, lui aussi ?

— Où est-ce que vous vous êtes séparés ? questionna Œil de Serpent.

— Devant les écuries, dit Jeanne. Quelqu'un est arrivé. Je suis partie de mon côté. Jack, de l'autre. Je ne l'ai pas revu depuis.

Jack hocha la tête avec admiration. Jeanne mentait vraiment bien. Quelle actrice ! Même lui faillit croire à son histoire. Pas une seule fois, elle n'avait regardé vers le plafond – ce qui l'aurait dénoncé.

– Comment tu as fait pour entrer ici ? demanda Œil de Serpent.
– Grâce aux clefs du trousseau.
– Donne-le-moi !

Jack retint son souffle. Le trousseau était dans la poche de son jean.

– Lâchez-moi, faut que je le cherche ! rétorqua Jeanne sans se démonter.
– C'est-à-dire ?
– Juste avant votre arrivée, j'étais cachée derrière les tonneaux. Les clefs sont avec mon sac à dos, quelque part sous ces décombres.

Œil de Serpent la dévisagea, elle hésita.

– Laisse tomber ! finit-elle par dire.

Jack respira.

– C'était quoi, votre plan ? demanda Œil de Serpent.

Jeanne sembla hésiter.

Œil de Serpent lui tordit le poignet une nouvelle fois.

– Alors !
– On devait attendre la nuit pour aller à Mendoza demander de l'aide, répondit Jeanne essoufflée. En cas de séparation, on devait se retrouver au poste de police.

Œil de Serpent lâcha le poignet de Jeanne pour décrocher son talkie. Elle parla en espagnol. En le remettant à sa ceinture, elle considéra Jeanne d'un regard cynique.

– J'ai donné l'ordre à mes hommes de tuer ton frère s'ils le trouvaient. Quant à la police de Mendoza, elle travaille pour nous !

Jeanne lâcha une plainte suffisamment angoissée et convaincante pour élargir le sourire d'Œil de Serpent. Elle l'entraîna vers la sortie à travers les carcasses de tonneaux brisés.

Au moment de franchir la porte, Jeanne glissa sa main libre dans son dos et adressa un petit signe d'adieu à son frère.

CHAPITRE 41

Depuis le cockpit, Neil, tendu, regardait Patricia pousser la chaise roulante de Sam vers la limousine blanche. Le Dr Pavlov marchait à leur côté, sa trousse de médecin à la main. Ils étaient tous habillés à la mode de l'Ouest. Patricia dans un jean serré glissé dans des santiags rouges, Sam et le Dr Pavlov, en habits du dimanche, plus traditionnels.

La seule arme que Sam avait emportée était un pistolet paralysant, caché dans le double fond de la trousse du Dr Pavlov. La chaise roulante dissimulait une radio émetteur-récepteur que Sam dirigeait par l'intermédiaire d'un écouteur sans fil, camouflé en sonotone. Il attendrait pour brancher la radio d'avoir pénétré dans Durango, car ils seraient soumis, selon toute vraisemblance, à un contrôle électronique à l'entrée. Les Aznar étaient très pointilleux sur les questions de sécurité.

Neil était loin d'avoir imaginé une pareille mise en scène quand il avait décidé de partir chercher ses enfants. Son plan à lui était beaucoup plus simple : débarquer par surprise sur la propriété vers les quatre-cinq heures du matin, armé jusqu'aux dents, capturer Raphaël et l'obliger à rendre les enfants. Primaire, mais efficace.

Le domaine était soumis à un dispositif de sécurité très perfectionné : personnel, caméras, détecteurs électroniques... À l'intérieur, les moyens de surveillance étaient plus réduits. Raphaël n'aimait pas que trop de gens mettent leur nez dans ses activités sur ses terres. Comme sur celles d'Alonzo en Colombie, les domestiques, les palefreniers et les ouvriers agricoles travaillaient à son service depuis des années. Il les traitait bien, ainsi que leurs familles, les logeait, leur donnait un bon salaire – il avait même fait construire une école pour les enfants. Ils étaient pour ainsi dire prisonniers du vignoble, mais personne ne s'en plaignait et personne ne partait jamais.

Le chauffeur de la limousine, un grand type baraqué, souleva Sam de la chaise roulante, comme s'il ne pesait pas plus lourd qu'une plume, et l'installa sur la banquette arrière, près de Patricia et du Dr Pavlov. Il emporta la chaise vers l'arrière de la voiture, la plia et la rangea dans le coffre.

Smitty rejoignit Neil dans le cockpit ; ensemble, ils regardèrent la limousine s'éloigner en direction de l'hacienda.

— Ça va ? demanda Smitty.

— Je ne suis pas ravi de voir Patricia se précipiter dans la cage au lion, imagine-toi !

— T'inquiète pas ! Sam sait ce qu'il fait et Patricia est une coriace !

Neil n'était pas cent pour cent convaincu par Sam, mais pour Patricia, il était d'accord, c'était une coriace. Depuis le début de cette histoire, elle n'avait jamais flanché. Elle avait fait preuve d'un courage sans faille. Il aurait juste voulu que Sam ne lui demande pas de l'accompagner au jamboree et qu'elle ne discute pas chacune de ses objections à lui.

— Fin de la discussion ! murmura-t-il.

— Quoi ? demanda Smitty.

— Non, rien... Qu'est-ce qui se passe dehors ?

— Les autres pilotes se sont réunis dans le hangar.

— Oui, bien sûr... Ils vont jouer aux cartes, dormir, manger, échanger leurs anecdotes de guerre jusqu'à ce que leurs patrons reviennent de Durango à moitié saouls.

— C'est ça que tu faisais à l'époque ?

Neil hocha la tête.

— Non, moi, j'appartenais au cercle des intimes. Alonzo avait de l'amitié pour moi, Dieu sait pourquoi. Il me faisait confiance. Je dormais dans la maison. Je rencontrais ses amis.

— Tu ne t'es jamais reproché de l'avoir dénoncé ? questionna Smitty doucement.

— Non. Tout ce que je me reproche, c'est que Patricia et les enfants se soient trouvés mêlés à tout ça. J'aurais dû le dénoncer plus tôt !

Smitty acquiesça.

— Est-ce que Sam t'a proposé de travailler pour lui ?

— Oui, dit Neil. Il en a aussi parlé à Patricia. Il veut qu'elle devienne son assistante.

— Qu'est-ce que tu en penses ?

— Pour l'instant, rien. J'y réfléchirai quand les enfants seront hors de danger.

— Ça me plairait assez de repartir traquer la canaille ! dit Smitty en souriant. C'est plus marrant que de transporter des cartons ! Et Sam m'a l'air plus compétent que la plupart des gars. Si j'osais, j'irais jusqu'à dire que cette opération, c'est un peu sa manière de nous montrer de quoi il est capable.

— Je ne suis pas loin de le penser aussi, dit Neil.

Smitty regarda sa montre.

– On a une heure devant nous avant d'entrer en action. Je vais en profiter pour traîner du côté du hangar et voir quelles infos je peux glaner.

– Bonne idée, dit Neil. Moi, je reste ici. Presque tous les pilotes me connaissent. Pendant ce temps, je prépare le matériel.

Smitty allait partir, mais Neil l'arrêta.

– Je n'ai pas eu l'occasion de te remercier, dit-il.

Smitty sourit.

– Je n'aurais voulu louper ça pour rien au monde !

CHAPITRE 42

À travers la vitre poussiéreuse, Jack regarda Œil de Serpent entraîner Jeanne vers la maison. Maintenant qu'il se savait condamné à mort, il se disait qu'au moins ça protégeait Jeanne un certain temps : il faudrait bien qu'ils gardent un des deux en vie, s'ils voulaient obtenir quoi que ce soit de son père. Ça ne changeait rien au fait qu'il se sentait entièrement coupable de la capture de sa sœur. S'il n'avait pas cédé à sa claustrophobie et s'il était resté dans la cachette, ils seraient encore ensemble, et sains et saufs. Son seul réconfort, c'était qu'au moins il avait un nouveau plan pour quitter le vignoble. Les avions ! C'était leur billet de sortie. Il ne lui restait plus qu'à tirer Jeanne des griffes d'Œil de

Serpent ! Mais d'abord, il devait vite trouver le moyen de quitter son perchoir sans se rompre le cou. Il commençait à faire vraiment sombre et, dans très peu de temps, il ne pourrait même plus distinguer les cinq doigts de sa main.

Il était hors de question de sauter. C'était beaucoup trop haut et le sol était jonché de débris de tonneaux. Il rampa le long de la poutre jusqu'au mur pour l'examiner de plus près, mais, arrivé là, il comprit que seuls une mouche ou un lézard pourraient entreprendre une telle descente !

Espérant que la paroi opposée serait peut-être plus facile, il repartit en sens inverse, mais le temps d'y arriver, il faisait nettement plus sombre et le mur semblait tout aussi raide.

Jack lâcha un juron. Il était sur le point de se risquer à sauter sur les décombres des tonneaux quand il remarqua une tache de lumière sur la poutre. Relevant la tête, il s'aperçut qu'elle venait d'une lucarne située au faîte du toit. S'il atteignait cette lucarne et réussissait à l'ouvrir vers l'extérieur, peut-être pourrait-il se hisser sur le toit. Bien sûr, dehors, il y aurait toujours un saut de six mètres cinquante à franchir, mais il trouverait peut-être quelque chose de plus doux pour se réceptionner que des débris de chêne massif.

Il grimpa.

CHAPITRE 43

Ils atteignirent la maison à l'instant où le soleil se couchait et où une voiture à cheval emmenait un groupe d'invités vers Durango.

Patricia descendit de la voiture, suivie du Dr Pavlov. Elle contempla la magnifique demeure, se demandant si Jeanne et Jack se trouvaient à l'intérieur – désorientés, effrayés, blessés peut-être. C'était la seule question à se poser avant de se précipiter vers la porte d'entrée en hurlant leur nom et en fouillant chaque pièce.

– Salut, m'dame !

Surprise, elle sursauta. Un homme, monté sur un grand cheval noir, se dressait devant elle.

— Je ne voulais pas vous effrayer ! dit-il en effleurant son chapeau, sans avoir l'air le moins du monde désolé. Je m'appelle Raphaël Aznar.

Patricia sut que c'était lui avant même qu'il ne se présente. Neil en avait fait une description parfaite, de la moustache noire à la panse rebondie au-dessus du ceinturon fantaisie à clous argentés. Il sauta de son cheval avec une grâce et une agilité surprenantes pour quelqu'un de sa corpulence.

— Et vous êtes ? demanda-t-il.
— Nicole Glaze, dit Patricia.

Encore une nouvelle identité, mais cette fois pour très peu de temps.

Raphaël fronça les sourcils, le nom ne lui rappelant visiblement rien.

— Et vous ?

Raphaël s'adressait au Dr Pavlov, beaucoup plus intéressé par l'attelage qui s'éloignait en direction de Durango que par l'homme au cheval noir.

— Pavlov, dit-il. Je suis le Dr Pavlov, médecin personnel de M. Nile, précisa-t-il en montrant la limousine blanche. Mademoiselle Glaze est son infirmière.

Jusqu'à cette minute, Patricia ignorait que le Dr Pavlov parlait anglais.

Pour la première fois depuis qu'il les avait rejoints, Raphaël esquissa un sourire. Il n'avait jamais rencontré M. Nile, mais il connaissait son nom. Nile était un riche promoteur immobilier qu'Alonzo essayait, depuis des années, de ramener dans le giron du cartel. Ils avaient besoin d'entreprises sérieuses et honorables, derrière lesquelles se dissimuler pour blanchir les bénéfices dégagés par la drogue. Ce que Raphaël ignorait, c'était que M. Nile ne pouvait pas marcher.

Le chauffeur ouvrit le coffre, en sortit la chaise roulante et l'approcha de la portière. Raphaël jeta les rênes de son cheval à un domestique et suivit le chauffeur.

Un vieil homme était assis sur la banquette arrière de la limousine.

— Je suis Raphaël Aznar.

Sam inclina la tête sans broncher.

— Je suis heureux de voir que, vous et vos gens, vous êtes habillés comme il convient.

— J'apprécie les soirées costumées, répliqua Sam.

— Il y a cependant un léger problème.

— Lequel ?

— Votre chaise roulante.

Sam le dévisagea.

— Tout ce qui n'existait pas en 1871 est interdit à Durango.

— Nicole ! cria Sam.

Patricia se précipita vers la limousine, suivie du Dr Pavlov, qui la rejoignit d'un pas plus nonchalant.

— Il semble que nous ne soyons pas les bienvenus ici, lui dit Sam. Nous partons !

— Comment ?

Patricia ne put masquer son désarroi.

Sans lui accorder un regard, Sam, le visage rouge de colère, fixait Raphaël.

— Depuis cinq ans, votre frère me supplie de venir ici. J'y consens enfin, prêt à parler affaires avec vous, et on me dit que je ne peux pas participer à votre réunion parce que je n'ai pas la chaise roulante qui convient. C'est inadmissible !

Raphaël ne savait plus quoi faire, mais il savait comment Alonzo réagirait si M. Nile repartait avant qu'un contrat ait été signé. Il n'était pas très doué pour faire machine arrière et il s'en voulait d'avoir soulevé le problème de la chaise roulante.

Depuis le début, cette journée était mal partie, et ça ne faisait qu'empirer. Dix minutes après son altercation avec Zita dans la bibliothèque, on lui avait annoncé que l'orchestre, qu'il avait engagé pour divertir ses invités, avait été arrêté pour détention de drogue à San Diego. Quels imbéciles ! Apporter de la drogue dans la maison d'un trafiquant de drogues !

– Allons-y ! ordonna Sam.

Patricia se dirigea vers le coffre, poussant devant elle la chaise roulante vide, curieuse de voir comment Sam allait s'en sortir. Sans doute allait-il passer le relais à Neil.

– Attendez ! dit Raphaël. Je vous en prie. Cette histoire est ridicule. Bien sûr, nous souhaitons que vous restiez. Nous ferons une exception. Je... (Raphaël hésita.) Je vous prie de m'excuser.

Sam lui adressa un regard peu amène.

– D'ailleurs, poursuivit Raphaël, si vous me donnez quelques instants, je vous accompagnerai moi-même jusqu'à Durango et je m'assurerai que mes hommes vous laissent entrer en ville sans encombre. Ce sera plus confortable d'aller à Durango en limousine. J'ai un détail à régler. Je reviens tout de suite.

– Très bien, dit Sam.

Raphaël se dirigea vers la maison.

Les excuses qu'il venait de prononcer lui restaient en travers de la gorge. C'était la faute de Zita, aussi ! Il était à Durango occupé à régler les derniers détails de la soirée quand on lui avait dit que Zita désirait le voir immédiatement. C'était urgent, avait même précisé le domestique... Si elle ne l'avait pas fait demander, il n'aurait entendu parler de l'homme à la chaise roulante que plus tard, par un de ses sbires, et il aurait eu le temps de réfléchir à une solution, au lieu de devoir affronter directement le problème.

Le temps de rejoindre le vestibule, la mayonnaise avait pris. Il était furieux.

Il trouva Zita assise dans la bibliothèque.

— J'ai la fille, dit-elle.

La colère de Raphaël retomba aussi vite.

— Et le garçon ?

— Pas encore, répondit Zita. Mais ça ne devrait plus tarder.

Il appela un domestique et lui demanda d'accompagner M. Nile et ses collaborateurs à Durango.

— Dites-leur que je suis retenu ici par un problème de dernière minute et que je les retrouverai là-bas. Assurez-vous que les gardes laissent passer la chaise roulante.

Le domestique salua et sortit. Raphaël se tourna vers Zita.

— Bien, alors, où est-elle ?

CHAPITRE 44

Après bien des efforts, des coups de pied et des coups de poing, Jack réussit à déplacer le carreau de la lucarne. Quand celui-ci sauta enfin, il dégringola le long du toit dans un bruit de mitrailleuse. Jack se hissa par l'étroite ouverture, s'arrachant la peau sur le métal tranchant du rebord; il pensait découvrir en contrebas du bâtiment une troupe de cow-boys avec leurs fourches et leurs revolvers, mais personne ne l'attendait. À cheval sur l'arête du toit, il reprit son souffle en regardant disparaître le dernier rayon de soleil derrière la cordillère des Andes.

« Et maintenant ? » se dit-il.

Deux possibilités s'offraient à lui. Soit il partait à pied pour Mendoza – ce qui risquait de prendre la nuit, peut-être plus – pour trouver de l'aide, sans s'adresser à la police. Soit il tentait de retrouver Jeanne, de la soustraire à la vigilance d'Œil de Serpent, et ils essayaient d'embarquer clandestinement dans un des avions.

Aucune de ces solutions n'était réellement satisfaisante. Si la police de Mendoza travaillait pour les Aznar, il était vraisemblable que tout le monde en ville leur était plus ou moins associé. Son idée d'embarquer dans un des avions présentait aussi un inconvénient : sans compter la difficulté – voire l'impossibilité – de tirer Jeanne des griffes d'Œil de Serpent, il n'avait aucune idée des destinations de ces avions...

En même temps, n'importe où ailleurs, c'était toujours mieux qu'ici ! Il décida que s'il ne trouvait pas le moyen de libérer sa sœur, il partirait tout seul. À l'arrivée, il y aurait bien quelqu'un pour l'aider.

Le toit offrait une vue magnifique sur le vignoble. Il resta assis quelques minutes à étudier la géographie des lieux de manière à savoir comment s'orienter une fois au sol.

La maison où, d'après lui, Œil de Serpent séquestrait Jeanne était celle sur la colline. Toutes les lumières étaient allumées. Un groupe de gens discutaient dans la cour près d'une limousine. Diablo était là aussi, à côté de la voiture ; un homme qui ne semblait pas être Raphaël Aznar – il était beaucoup plus petit – le tenait par la bride ; ce qui signifiait que Raphaël était sans doute dans la maison. Et Jeanne aussi, peut-être...

Les gens remontèrent dans la limousine, qui s'éloigna. Il n'y eut bientôt plus personne dans la cour devant la maison, sauf Diablo et l'homme qui le tenait par la bride.

Jack suivit la limousine des yeux jusqu'au bas de la route, où elle s'arrêta à l'entrée de la vieille ville. Les lumières de Durango aussi étaient allumées, mais elles éclairaient peu et il distinguait à peine les silhouettes des gens et des chevaux qui allaient et venaient entre les maisons. Des rires et des cris s'élevèrent, puis l'écho d'un piano qui se mit à jouer. « Une fête », pensa-t-il. Tous ces gens étaient venus à une réception en avions privés. Il était temps de bouger !

Il pensait se laisser descendre jusqu'au rebord du toit, puis ramper tout le long jusqu'à ce qu'il aperçoive un buisson, une motte de terre, enfin quelque chose de mou qui puisse amortir sa chute sans qu'il se rompe le cou ou les jambes. De ce côté-là, il avait assez donné dans sa vie !

En théorie, l'idée n'était pas mauvaise, mais en pratique, ce fut une autre histoire. Dès qu'il entreprit la descente, il commença à déraper. Il essaya de se rattraper à l'arête, mais il la manqua d'au moins cinquante centimètres; comprenant qu'il n'allait pas tomber droit comme une pierre, mais qu'il allait plutôt se trouver catapulté, il préféra pivoter sur le dos pour voir où il allait. Une seconde plus tard, il quittait le toit...

CHAPITRE 45

Œil de Serpent avait entraîné Jeanne par la porte de service de la grande maison. Elles avaient traversé la cuisine devant une demi-douzaine de femmes qui, occupées à préparer à manger, n'avaient même pas levé les yeux pour les regarder passer.

Elles avaient suivi un couloir étroit, puis franchi une porte donnant sur un escalier pentu. En bas, se trouvait une salle de projection meublée d'une vingtaine de fauteuils confortables, alignés devant un grand écran blanc. Elle appuya sur un bouton et l'écran remonta lentement, révélant une porte dérobée. Elle poussa Jeanne de l'autre côté et claqua la porte derrière elle. Le verrou retomba d'un coup sec.

L'obscurité était totale. Frôlant le mur d'une main, Jeanne chercha l'interrupteur et, au bout de quelques minutes d'angoisse, elle fut soulagée de le trouver.

Le studio ressemblait – en plus petit – à l'appartement de la grange. La pièce était décorée dans le même style western, ce qui lui rappela Raphaël et sa promesse de lui rendre visite. Elle frissonna de crainte et de dégoût. Si Jack n'avait pas fait sa crise de claustrophobie... D'un haussement d'épaules, elle balaya sa colère naissante. Quant à elle... Si elle ne s'était pas présentée à l'audition de « Stars d'Amérique »... À l'heure qu'il est, ils seraient tous les deux à Los Angeles. Elle espérait qu'il irait à Mendoza et qu'il ne se risquerait pas à chercher à la sauver... Mendoza, c'était leur seule chance. À moins que Zita et sa bande ne le rattrapent en chemin, ou une fois là-bas... Elle préféra ne pas y penser.

Ici aussi les placards de la cuisine regorgeaient de provisions. En faisant attention, elle pouvait survivre des semaines.

« Survivre, pensa-t-elle. C'est ça ! Survivre assez longtemps pour que quelqu'un comprenne où je me trouve et vienne me sauver. Ne pas paniquer. Réfléchir. Revenir à mon plan initial. Bloquer la porte afin que personne ne puisse entrer. Comme Jack, quand il a piégé la fille dans la salle de bains. Qu'est-ce qu'il a dit à ce moment-là ? "Ils couperont l'électricité et l'eau..." Je peux survivre dans l'obscurité mais pas sans eau... »

Elle commença à remplir d'eau tous les récipients qu'elle trouva dans le placard. Elle se dirigeait vers la salle de bains pour remplir la baignoire...

Soudain, la porte s'ouvrit.

Elle ne put se retenir de crier.

Sa réaction fit sourire Raphaël. Œil de Serpent posa sur elle un regard sombre, ses nouvelles lentilles violettes la rendaient encore plus terrifiante.

— Assieds-toi ! ordonna Raphaël.

Jeanne se débattait contre la panique qui s'emparait d'elle, inspirant profondément et soufflant le plus lentement possible. Si elle voulait survivre, elle devait garder ses esprits et réfléchir. Elle prit place sur une chaise, plutôt que sur le canapé, afin que Raphaël ne vienne pas s'asseoir à côté d'elle.

Zita se dirigea vers la cuisine, elle en revint une carafe d'eau à la main.

— Un verre d'eau, peut-être ? fit-elle avec un sourire diabolique.

Jeanne ne répondit pas.

– Songeais-tu par hasard à bloquer la porte depuis l'intérieur et attendre tranquillement que quelqu'un vienne à ton secours ?

Jeanne se mordit les lèvres. Non parce que Zita avait découvert son plan, mais parce qu'elle s'en voulait. Elle aurait dû d'abord bloquer la porte, et s'occuper de l'eau ensuite, Jack, lui, y aurait pensé.

Elle regarda Raphaël. Il souriait toujours. Elle remarqua, alors, qu'il avait quelque chose dans les mains. On aurait dit une robe...

– Il paraît que ta voix est aussi ravissante que ton visage... susurra-t-il.

Jeanne haussa les épaules.

Œil de Serpent repartit dans la cuisine. Jeanne l'entendit vider la carafe dans l'évier.

– Tu sais chanter de la country ? demanda Raphaël.

Jeanne le dévisagea en silence.

– Pourquoi ? fit-elle.

– Je suis un peu embêté, commença-t-il. J'organise une petite fête à Durango et mes musiciens ne sont pas arrivés. J'ai pensé que tu pourrais les remplacer.

– Vous vous fichez de moi, dit Jeanne.

Raphaël hocha la tête.

– Vois-tu, je me dis que ça serait plus amusant pour toi d'aller à Durango que de rester toute seule ici...

Il n'avait pas tout à fait tort, mais elle n'arrivait pas à croire qu'après les avoir kidnappés, séquestrés, menacés de mort, il pouvait s'imaginer qu'elle accepterait de chanter pour lui et sa bande de trafiquants de drogues. Il était encore plus cinglé qu'il n'en avait l'air.

— Alors ?
— Non !

La réponse fusa sans même qu'elle en eût conscience. La déception assombrit le visage de Raphaël.

— Je me doutais que tu réagirais comme ça. Tant pis... Un détail... (Il regarda Œil de Serpent, revenue dans la pièce.) On a trouvé ton frère.

Raphaël souriait à nouveau. Jeanne leva les yeux vers Œil de Serpent. Elle semblait irritée.

— Où est-il ?
— Sain et sauf, dit Raphaël. Du moins, pour l'instant. Il est dans la grange. Il nous a semblé préférable de vous séparer. Zita voulait le tuer. Pour être honnête, moi aussi, et puis j'ai pensé à ma petite réception...

— Vous l'avez trouvé où ? demanda Jeanne, cherchant à savoir si c'était vrai.

— Il n'était pas allé loin, dit Raphaël.
— Je veux le voir !

Raphaël secoua la tête.

— À toi de choisir. Ou tu chantes pour mes amis, ou j'envoie Zita s'occuper de ton frère. Et crois-moi, elle n'attend qu'un signe pour exécuter le boulot...

— Et si je chante ?

— Alors ton frère vivra, dit Raphaël. Mais tu dois coopérer. Inutile de chercher à t'enfuir. Ni de parler à mes invités ou d'essayer de leur dire qui tu es. Tu seras sous la surveillance de Zita. En cas d'embrouille, elle vous tuera tous les deux.

— Après, je pourrai le voir ? demanda Jeanne.

— Ça dépend de toi. Fais-nous d'abord une bonne prestation, on arrangera peut-être une rencontre. (Il jeta la robe rouge sur ses genoux.) Enfile ça !

CHAPITRE 46

C'était un véritable voyage dans le temps. Durango ressemblait à une ancienne ville de l'Ouest, à la fois par le spectacle qu'elle offrait, mais aussi par ses ambiances sonores et ses odeurs – tout au moins selon l'idée que s'en faisait Patricia... le bois, la fumée, le tabac, la boue, le crottin, la sciure... un peu âcres mais au fond pas si désagréables que ça.

Ainsi que Sam l'avait anticipé, ils furent fouillés avant d'être autorisés à pénétrer dans la ville, mais les gardes ne trouvèrent ni la radio émetteur dans la chaise roulante, ni le pistolet paralysant dans le double fond de la trousse du Dr Pavlov.

Patricia eut quelques difficultés à pousser la chaise de Sam sur le sol irrégulier de la rue principale jusqu'au trottoir en planches ; là, voiturer son patient devint plus aisé.

Sam alluma la radio.

— Vous me recevez ? chuchota-t-il.

— Cinq sur cinq! claironna la voix de Neil dans l'oreillette.

— Nous sommes à Durango, nous nous dirigeons vers le saloon où a lieu le rendez-vous. Tenez-vous prêts.

— Bien reçu !

* * *

Neil regarda Smitty, soulagé.

— Jusqu'ici tout roule ! dit Smitty.

Habillés en tenue commando — gilets de combat, lunettes infrarouges, micros-cravates sensibles au moindre chuchotement, cagoules —, le visage maquillé, ils étaient prêts à intervenir.

Le plan était simple : Sam, Patricia et Pavlov mettraient Raphaël hors d'état de nuire durant leur entretien privé. Ils se chargeraient de trouver où Jeanne et Jack étaient séquestrés. Neil et Smitty iraient les délivrer et les ramèneraient à l'avion. Dès que les enfants seraient en sécurité à bord, Patricia, Sam et Pavlov les rejoindraient et l'avion décollerait.

Neil savait que ce plan, malgré son apparente simplicité, pouvait coincer. S'ils restaient plus d'une demi-heure avec Raphaël, les hommes de la sécurité commenceraient à avoir des soupçons. Les Aznar ne perdaient jamais de temps en rendez-vous. D'autre part, Neil n'avait aucune idée de l'heure à laquelle Sam serait convoqué dans le bureau. Il espérait que ce serait plus tard dans la soirée afin qu'ils aient le temps, lui et Smitty, de reconnaître le terrain. Il voulait repérer plusieurs trajets pour le retour vers l'avion en cas de complication.

— Paré ? fit Smitty.

Neil jeta un dernier coup d'œil et aperçut le Commandant PIF posé entre les sièges du pilote et du copilote. Il fourra la petite figurine dans sa poche.

CHAPITRE 47

Raphaël n'avait pas retrouvé Jack.

Et pourtant, si lui ou un de ses sbires avaient eu l'idée de fouiller les abords de la maison, ils n'auraient pas eu à aller loin. Jack avait atterri sur le dos, s'était heurté la tête au passage et avait perdu connaissance.

Il s'écoula bien cinq-six minutes avant qu'il ne cligne des yeux. En les ouvrant, il se crut au pied de la fenêtre de sa chambre dans son ancienne maison, la nuit où il avait fait cette fameuse chute, habillé avec les collants roses de sa sœur et un drap noué autour du cou comme Superman, un de ses héros favoris. Mais où étaient la tonnelle et la vigne du président

Jefferson ? Il porta la main à son cou. Et le drap ? Il toucha ses jambes. Et les collants roses ?

Il voulut s'asseoir, mais la douleur l'en empêcha. Il demeura immobile, les yeux grands ouverts sur la nuit étoilée. Petit à petit, ses souvenirs se remirent en place. Il gratta le terrain sur lequel il était allongé et éleva la main à la hauteur de ses yeux. De la sciure. Il avait atterri sur un tas de sciure de bois. Encore une fois, il voulut s'asseoir et, cette fois, il y parvint. Mais il avait mal partout, à croire qu'il avait tous les os du corps en miettes. Il fallait pourtant qu'il se relève et qu'il aille jusqu'à la maison. Jeanne était là-bas.

Encore chancelant, il réussit à se mettre debout, mais il s'était vraiment cassé quelque chose, à moins que ce ne soit une méchante entorse : sa cheville droite avait viré au violet foncé et doublé de volume. Il posa le pied en hésitant, la respiration bloquée. C'était douloureux, mais il pouvait marcher.

CHAPITRE 48

Patricia, Sam et le Dr Pavlov attendaient, assis autour d'une table basse, dans le saloon des Aznar.

Le parquet était recouvert de sciure et l'atmosphère, enfumée. Le jamboree battait son plein. Des invités buvaient, d'autres jouaient aux cartes, d'autres encore, dans la rue, testaient leur vitesse de tir. À chaque coup de feu, Patricia sursautait. Sam et le Dr Pavlov ne remuaient même pas un cil.

Trois délégations s'étaient rendues dans l'arrière-salle pour rencontrer Raphaël. En ce moment, il recevait la quatrième. Les entretiens étaient tous beaucoup plus courts que Sam ne l'avait prévu.

— Vous pensez qu'il va nous appeler à quel moment ? murmura Patricia.
Sam haussa les épaules.
— Nous sommes prêts.
Patricia ignorait ce qu'il entendait par là ; elle savait seulement que, quelques minutes plus tôt, le Dr Pavlov avait conduit Sam et sa chaise roulante aux latrines, à l'extérieur. À leur retour, un plaid léger recouvrait les jambes de Sam. Patricia était sur des charbons ardents et elle espérait que ça ne se voyait pas.
Enfin, la porte s'ouvrit. Raphaël apparut, le sourire aux lèvres, le bras sur les épaules de ses deux invités. Il les accompagna jusqu'au comptoir en acajou du saloon, commanda une bière, puis se dirigea vers la table de Sam.
— Monsieur Nile, voulez-vous bien me suivre dans la salle du fond ?
— Parfait.
Patricia et Pavlov se levèrent pour les suivre.
— La discussion ne concerne que vous et moi, monsieur Nile. Pas votre personnel médical. Je peux pousser votre chaise.
— Dans ce cas, nous n'avons rien à nous dire, rétorqua Sam. Je ne me déplace jamais sans eux. Ils ne sont pas seulement mon personnel médical. Ils sont mes associés. Nous n'avons aucun secret.
Raphaël les dévisagea un court instant, puis haussa les épaules.

– Bien, venez alors !

* * *

– Ça y est, ils sont entrés ! dit Neil, faisant signe à Smitty de s'arrêter.

Ils se dirigeaient lentement vers la maison. Jusqu'à présent, ils n'avaient croisé ni domestique ni personnel de sécurité. À croire que tout le monde était à Durango – ce qui facilitait grandement leur mission, à condition toutefois que Jeanne et Jack soient séquestrés quelque part dans le domaine et non pas à Durango.

Ils se replièrent à l'abri de la grange pour écouter la conversation entre Raphaël Aznar et M. Nile.

CHAPITRE 49

Jack mit un certain temps à franchir la distance qui le séparait de la maison. Sa cheville l'élançait et la douleur lancinante le transperçait des pieds à la tête. Il rôda plusieurs minutes, réfléchissant sur la conduite à tenir. Diablo n'était plus là, cela voulait-il dire que Raphaël était parti pour la vieille ville ? Jack l'espérait.

Son instinct lui soufflait d'aller jusqu'au terrain d'atterrissage aussi vite que sa cheville le lui permettrait, et de se faufiler à bord d'un des avions pendant que tout ce beau monde faisait la fête. Mais sa conscience lui criait autre chose. Il ne pouvait pas effacer l'image de Jeanne lui faisant un signe d'adieu de sa main libre tandis qu'Œil de Serpent l'entraînait vers la maison. Même le risque de se faire prendre, il devait tout tenter pour la retrouver.

En boitillant, il entra dans la maison.

* * *

Zita était furieuse contre Raphaël.

Se servir de la fille pour distraire les invités était une aberration. Si Alonzo avait été présent, ou si elle avait réussi à le joindre, jamais il n'aurait autorisé une pareille folie. Elle lui avait envoyé une douzaine de messages – tous restés sans réponse. Il y avait forcément un problème grave. Raphaël ne semblait absolument pas s'en soucier – une raison supplémentaire pour Zita d'être furieuse contre lui.

Elle avait accompagné la fille à la mercerie, en face du saloon. Jeanne répétait les chansons qu'elle allait interpréter avec le pianiste de Raphaël. Zita avait été rétrogradée au poste de traductrice et c'était une troisième raison à sa colère.

– Assez répété, gronda-t-elle. Allons-y, qu'on en finisse ! Jeanne ne demandait pas mieux. Plus vite elle en aurait fini, plus vite elle reverrait son frère. Jeanne et le pianiste suivirent Zita hors de la boutique.

***

Raphaël prit place derrière un imposant bureau en chêne avec un sous-main en buvard vert. Derrière lui, une lampe à gaz chuintait.
— Que pensez-vous de Durango ? demanda-t-il.
— Très impressionnant, fit Sam.
Le regard de Raphaël se tourna vers Patricia, debout à droite de la chaise roulante. Le Dr Pavlov, lui, était à gauche.
— Et vous, mademoiselle Glaze ?
— C'est comme remonter le temps...
Pan ! Il y eut un claquement violent. La chaise de Raphaël alla s'écraser contre le mur. Ses yeux s'agrandirent et son visage commença à se décomposer. Sam et Pavlov furent debout derrière le bureau en moins de temps qu'il ne faut pour le dire. Sam plaqua un morceau d'adhésif sur la bouche de Raphaël, retira les deux électrodes fixées sur sa poitrine et lui confisqua son revolver. Il sortit ensuite un petit appareil photo numérique de sa poche et adressa un signe de tête à Pavlov.
Le docteur tira de sa trousse une étrange seringue, inclina la tête de Raphaël et lui injecta un produit dans le cou.
— Sérum de vérité ? demanda Patricia.

– Non, dit Sam, tout en continuant à faire des photos. C'est une capsule de détonant cardiaque. Fermez la porte, je vous prie. Inutile de laisser le champ libre à des visiteurs indésirables.

Troublée, Patricia alla doucement tourner le passe-partout dans la serrure. Quand elle se retourna, le Dr Pavlov était en train de diriger une sorte de petit boîtier électronique vers la poitrine de Raphaël.

– C'est prêt, dit-il.

Sam hocha la tête. Il repoussa Raphaël dans un coin du mur et le bloqua avec sa chaise. Il réarma le pistolet paralysant, qu'il pointa à quelques millimètres de sa poitrine. Raphaël avait retrouvé ses esprits et, fou de rage, il le défiait du regard. Sa colère vira à l'horreur quand il s'adressa à lui dans un espagnol parfait.

Patricia ne comprit pas un traître mot de ce que disait Sam, mais à la grimace qui tordait le visage de Raphaël, il était clair qu'il était terrorisé.

***

– Tu comprends ce qu'il dit ? demanda Smitty qui ne parlait pas espagnol.

Neil posa un doigt sur sa bouche. Sam était loin de la chaise roulante et Neil avait besoin de toute sa concentration pour distinguer les bribes de conversation. Il en entendit tout de même assez pour savoir qu'il était préférable de ne jamais se retrouver du mauvais côté de la barrière, face à Sam Sebesta et au Dr Pavlov. Ce que Sam venait d'expliquer à Raphaël était tout simplement diabolique.

CHAPITRE 50

Jack fut soulagé de constater que la maison était déserte. Il décida d'inspecter chaque pièce en commençant par celles du haut.
La chambre de Raphaël occupait presque tout l'étage supérieur et elle était fermée à clef. Mais grâce au trousseau d'Œil de Serpent, Jack put l'ouvrir. Il s'introduisit dans le dressing-room et alluma la lumière. Sur chaque rayonnage, chaque tringle, chaque porte-cravate, dans chaque tiroir s'entassaient des vêtements à la mode western, des chapeaux de cow-boy et des douzaines de paires de bottes.
À côté de ce dressing, il y avait une autre porte. Fermée, elle aussi. Jack l'ouvrit, plein

d'espoir, mais Jeanne n'était pas là. À l'intérieur, il y avait des centaines d'armes anciennes – des Winchester, des Sharpes, des colts –, certaines exposées dans des vitrines, d'autres accrochées au mur. Il prit un revolver, un colt. Il ouvrit le barillet : l'arme était chargée. Il la glissa dans sa ceinture et continua ses recherches.

* * *

À présent, Raphaël tremblait de tous ses membres. Sam sortit de sa poche un boîtier qui ressemblait à une minuscule télécommande – celle dont on se sert pour ouvrir ou fermer une portière de voiture. Il y avait un seul et unique petit bouton rouge sur le dessus.
— Ôtez-lui le bâillon, dit-il.
Le Dr Pavlov arracha l'adhésif.
Sam tenait la télécommande dans sa main à quelques millimètres du visage de Raphaël, le pouce posé sur le bouton rouge.
— Je te donne une seule chance, Raphaël, dit-il en anglais. Où sont les enfants ?
La sueur dégoulinait le long du visage de Raphaël.
— La fille est là. Le garçon, je ne sais pas. Il s'est...
Derrière la porte, une voix s'éleva.

– Jeanne ! s'écria Patricia.
– Je reconnais sa voix, dit Sam.
Se tournant vers Raphaël, il ajouta :
– Allons-y !
Et lui montrant la télécommande, il précisa :
– S'il lui arrive quoi que ce soit, tu es mort !
Tremblant de tous ses membres, Raphaël se leva de sa chaise.

* * *

Lorsque Zita entra dans le saloon avec Jeanne, personne ne leur prêta la moindre attention. Les invités étaient trop occupés à rire, à jouer aux cartes et à boire. On ne se serait pas cru à une réunion de trafiquants de drogues. Elle vérifia l'ordre des chansons avec le pianiste.
– Prêt ?
– Oui !
Le pianiste entonna les premières notes et Jeanne se mit à chanter. Au début, personne ne s'intéressa à elle, puis, un à un, les gens posèrent leur verre, les conversations diminuèrent, et ils se tournèrent vers le piano. Elle en était à peine à la moitié de la première chanson quand une porte, à l'extrémité du bar, s'ouvrit violemment.

Une jolie femme brune à cheveux courts la dévisage intensément. Jeanne continua à chanter. La femme s'avança lentement. Brusquement, elle courut vers elle. Jeanne cessa de chanter : elle ressemblait à...

Elle lâcha le micro et descendit de l'estrade.

La rattrapant par le bras, Zita la rejeta en arrière. Elle appuya un petit pistolet contre sa tempe en fixant Patricia.

— Un pas de plus, et je la tue !

— Non !

Patricia s'immobilisa.

— Lâche-la, Zita ! hurla Raphaël.

Debout à côté de lui, se tenaient un petit homme à lunettes et... Sam Sebesta.

— Qu'est-ce qui se passe ? demanda Jeanne.

— Boucle-la !

Zita resserra sa prise. Jeanne hurla.

— Pour l'amour du ciel, Zita, lâche-la ! supplia Raphaël.

Zita secoua la tête.

— Ils me tueront !

Zita éclata de rire.

— Si je la relâche, ton frère moisira en prison le restant de ses jours. C'est ça que tu veux ?

— Non ! Bien sûr que non !

Dans le saloon, les regards des invités allaient de Zita à Raphaël, dans la confusion la plus totale.

Zita fit quelques pas vers la porte, poussant Jeanne devant elle.

– Si vous me suivez, je vous jure que je l'abats sur place !

– Tu ne pourras pas quitter le domaine, Zita, dit Raphaël. Les gardes t'en empêcheront. Laisse tomber !

Zita secoua la tête et sortit à reculons par les portes battantes du saloon.

Plusieurs invités avaient dégainé leurs armes et s'adressaient à Raphaël en espagnol ou en anglais.

– Zita a pété les plombs, expliqua Raphaël.

Beaucoup connaissaient Zita et ne furent pas surpris.

– Restez tous ici. Amusez-vous. Je vais régler ce problème.

Sam se précipita dans le bureau pour récupérer la radio cachée dans la chaise roulante.

**

À peine avaient-ils entendu Patricia hurler le nom de sa fille que Neil et Smitty s'étaient rués hors de leur cachette derrière la grange et avaient couru vers Durango. À mi-chemin, ils croisèrent un chariot lancé à tombeau ouvert. Smitty arma son fusil, le dirigea sur le conducteur, mais, incapable de l'identifier, n'osa pas tirer.

— Vous êtes là ?

La voix de Sam résonna dans leurs casques.

— Ouais. Qu'est-ce qui se passe ? Un chariot qui remontait de la ville vient de nous foncer dessus... Un vrai malade...

— C'était une femme, avec Jeanne.

Neil jura.

— Et Jack ?

— Pas vu. La femme est armée. Prête à descendre Jeanne...

Neil et Smitty firent demi-tour et repartirent à fond de train en direction de la maison à la poursuite du chariot.

CHAPITRE 51

En arrivant au sous-sol, où il découvrit une salle de projection avec un équipement de pointe, Jack était vraiment découragé. Aucune trace de Jeanne, nulle part. Il s'effondra dans un des fauteuils en cuir pour soulager sa cheville un instant et réfléchir à la suite. Fouiller tout le domaine pouvait prendre des jours et sa cheville lui faisait de plus en plus mal. S'il ne partait pas tout de suite pour le terrain d'atterrissage, il risquait de ne jamais y arriver.

Il se leva péniblement. Il allait remonter lorsqu'il remarqua l'écran, qui n'était pas complètement descendu. Son regard balaya la toile blanche, et derrière, il distingua le bas d'une porte. Il remonta l'écran et découvrit la pièce dérobée.

Il reconnut les vêtements de Jeanne éparpillés sur le sol.

* * *

Son revolver dans une main, les rênes dans l'autre, Zita conduisait à toute allure, le long de la colline.

Jeanne songea à sauter, mais le chariot roulait trop vite. Même si elle atterrissait sans rien se casser, elle savait que Zita la rattraperait. Les bottes qui complétaient son costume étaient trop petites, d'une taille au moins.

Elle était encore sous le choc. Sa mère et Sam Sebesta au saloon ? Qu'est-ce qu'ils faisaient là ? Comment étaient-ils arrivés là ? Pourquoi Zita n'avait-elle pas obéi quand Raphaël lui avait donné l'ordre de la relâcher ?

Sur la route qui montait vers la maison, le chariot faillit renverser deux types. Jeanne se retourna et vit l'un des deux mettre son fusil en joue, mais le chariot s'engagea dans le virage avant qu'il puisse tirer.

Arrivée devant la maison, Zita serra brutalement les rênes et les deux chevaux se cabrèrent.

– Si tu résistes, je te descends ! dit-elle, le revolver contre la poitrine de Jeanne.

— Qu'est-ce qu'on fait ?
— Tais-toi ! Boucle-la !
Elle fit descendre Jeanne de l'attelage et la traîna par un bras en direction de la maison. Traversant le vestibule, puis le couloir, elles arrivèrent devant la porte qui menait à la salle de projection ; Zita la poussa brutalement dans les escaliers. La porte de la pièce secrète était grande ouverte.
— Entre !
Jeanne se releva, chancelante, et entra dans la pièce, persuadée que Zita allait lui claquer la porte dans le dos. Mais, à sa grande surprise, elle la suivit et verrouilla la porte derrière elles deux. Elle rangea son revolver dans une poche et jeta sur l'endroit un regard furieux. Se saisissant d'une chaise, elle la coinça sous la poignée de la porte.
— Va dans la cuisine remplir tous les récipients, hurla-t-elle. On est ici pour un bout de t...
Jack surgit de la chambre. Les deux mains serrées sur un colt, prêt à tirer.
— Éloignez-vous de la porte ! ordonna-t-il, la voix mal assurée.
Zita sourit.
— Tes mains tremblent !
Elle plongea la main dans sa poche pour saisir son arme Jack tira Il y eut une explosion

assourdissante. Jeanne hurla. La fumée envahit la pièce. Zita fut projetée à quelques mètres de la porte, elle se tenait une jambe.

— Fichons le camp ! hurla Jack.

Il avait peine à s'entendre parler tant ses oreilles sifflaient.

— Maman... Sam Sebesta, disait Jeanne.

Jack essayait de se déboucher les oreilles.

— Qu'est-ce que tu...

La porte vola en éclats. Deux hommes surgirent en tenue de commando et braquèrent leurs fusils sur Zita. Ils se saisirent d'elle, la plaquèrent au sol, tirant ses mains dans son dos pour lui passer les menottes.

Smitty amorça un sourire.

— Salut, Jack !

Neil traversa la pièce et prit ses deux enfants dans ses bras.

***

Quelques minutes plus tard, Patricia débarquait, suivie de Sam, du Dr Pavlov et de Raphaël. Ils étaient venus avec la limousine.

— Dieu soit loué !

Elle serra Jeanne et Jack dans ses bras comme si elle ne devait plus jamais les lâcher.

Jack était sous le choc : ses deux parents, ici, et Sam, et ce curieux petit homme aux grosses lunettes, penché sur la jambe de Zita...

– Comment êtes-vous arrivés ici ?
– On aura tout le temps de te raconter ça pendant le vol de retour, dit Neil.
– On rentre chez nous ! dit Patricia.
Neil regarda Raphaël. Smitty et lui le tenaient toujours en joue, en cas d'attaque.
Raphaël était livide et tremblant. Il jetait des petits coups d'œil affolés en direction de Sam. Œil de Serpent grimaçait de douleur. Jack aurait dû se sentir coupable d'avoir tiré sur elle. En fait, il n'éprouvait aucun remords. Si *elle* en avait eu l'occasion, elle n'aurait pas hésité une seconde à les tuer, Jeanne et lui.
– Je vais arrêter l'hémorragie, dit le Dr Pavlov à Raphaël. Mais il faut la conduire rapidement à l'hôpital.
– Grouillez-vous, toubib, dit Smitty. On a un avion à prendre.
Il mit à peine quelques secondes. Pour finir, il tira de sa trousse sa drôle de seringue et lui fit une piqûre dans le cou. Raphaël grimaça.
Œil de Serpent fixa Pavlov de son effrayant regard violet.
– C'est quoi, cette piqûre ?
– Un traitement spécial, répondit Pavlov. Raphaël vous expliquera...
– Allez, on file ! dit Neil. Smitty, tu ouvres la voie. Je couvre les arrières.
Jack fit un pas et grimaça de douleur.

– Jack ! Qu'est-ce que tu as ? s'écria Patricia.
– Une entorse, dit-il.

Le Dr Pavlov souleva son pantalon et secoua la tête.

– Pas une entorse. Une fracture !
– On prendra la limousine jusqu'à l'avion, dit Sam.

Neil lui tendit son arme.

– Tenez ça. Je vais le porter.
– Je peux très bien marcher, protesta Jack.

Neil secoua la tête.

– Je te porte ! Fin de la discussion ! dit-il en souriant.

Jack lui rendit son sourire.

Tandis qu'ils quittaient la pièce, Sam se tourna vers Raphaël.

– N'oubliez pas, on vous surveille, lâcha-t-il.

Le visage déjà livide de Raphaël blêmit encore.

6ᴱ JOUR
L'HÔPITAL

CHAPITRE 52

Le vol dura toute la nuit.

À l'aéroport d'Atlanta, trois gros 4×4 les attendaient, conduits par trois types baraqués à la mine patibulaire, sanglés dans des costumes bien coupés.

À leur arrivée aux urgences de l'hôpital, quelques visages familiers les attendaient : les officiers fédéraux Doris Welty et Donald Smites ainsi que l'agent Pelton de la Brigade des stupéfiants. Un homme, que Jack ne reconnut pas, les accompagnait. Grand et corpulent, il portait des lunettes avec des verres teintés rose.

Celui-ci dévisagea le père et la mère de Jack.

– Désolé de vous avoir causé tant d'ennuis. Ça n'avait rien de personnel.

Neil le toisa, le regard dur. Sam posa la main sur le bras de Neil comme pour le retenir.

— Il est de notre côté désormais.

L'expression de Neil ne s'adoucit pas.

L'homme sourit à Sam et au Dr Pavlov.

— Ça fait combien de temps ?

Neil explosa.

— Vous vous connaissez ?

Sam fit « oui » de la tête et s'adressa à Patricia.

— Nous étions collègues, Igor, lui et moi, durant les années de la guerre froide. À cette époque, il s'appelait Alexandre Petrovich, mais vous, vous le connaissez sous le nom de El Sereno... le Guetteur.

Le visage de Patricia se referma, devint dur comme celui de Neil. Jack crut qu'elle allait le gifler. Doris et Don prirent, eux aussi, une expression agressive.

— Il était à Atlanta, occupé à faire ce qu'il fait mieux que personne au monde, expliqua Sam. Durant notre vol vers l'Argentine, j'ai réussi à le joindre. Je lui ai demandé de coopérer et, comprenant qu'il était sur le point de perdre son boulot, il a accepté. Il a pris contact avec nos amis fédéraux et il leur a proposé de nous rejoindre à l'hôpital.

Un jeune interne s'approcha de Jack, assis dans une chaise roulante.

– Vous devez être le jeune homme à la cheville cassée.

Jack acquiesça. Pendant le vol, le Dr Pavlov avait stabilisé sa cheville de son mieux et lui avait donné quelques anti-inflammatoires, mais la douleur l'élançait encore.

– On va d'abord passer à la radiographie, ensuite on verra la marche à suivre pour réparer tout ça.

– Pendant ce temps, on a un patient à voir, dit Sam.

– Qui ? demanda Jack.

– On te racontera plus tard, dit Sam en lui tapotant l'épaule.

Neil fouilla dans sa poche.

– Tiens ! Je crois que ça t'appartient.

Jack fut aussi surpris de voir le Commandant PIF que son père l'avait été en découvrant que Sam connaissait El Sereno. Le minuscule astronaute était couvert de plaies et de bosses comme s'il revenait de la planète Mars. « Un peu comme moi », se dit Jack.

– Où tu l'as trouvé ?

– C'est Cataline qui me l'a donné, répondit Neil. Elle pensait que tu aurais peut-être besoin d'un ami. Mais elle te le prête seulement. Elle tient à ce que tu le lui rendes.

– Ça veut dire que je pourrai la revoir ?

Patricia sourit.

– Je pense qu'on pourra arranger ça.

L'interne fit pivoter la chaise et emmena Jack. Jeanne et Patricia l'accompagnèrent.

CHAPITRE 53

– Vous n'êtes pas mon docteur habituel, s'irrita Alonzo Aznar.
– C'est exact. (Le docteur consulta le diagramme accroché au pied du lit.) Je suis un spécialiste.
– Je peux savoir quand je sors d'ici ?
– Très bientôt, dit le docteur. Mais je dois d'abord vous examiner.
Alonzo avait été tâté, palpé, sondé par une demi-douzaine de spécialistes, ces derniers jours, et il en avait sa claque. Personne ne lui disait rien. Tous ses sens étaient en alerte et il avait peur – un sentiment qui ne lui était pas très familier.

Bender n'était pas venu lui rendre visite aujourd'hui, il n'avait répondu à aucun de ses appels. Alonzo n'avait pas non plus reçu le moindre message de Raphaël, de Zita ou d'El Sereno.

Le dos tourné, le docteur fourrageait dans sa trousse.

— Quel genre de spécialiste êtes-vous ? demanda Alonzo.

Un picotement familier lui étreignait le bas des reins.

— Un spécialiste du cœur, répondit le docteur, pivotant d'un bloc, un pistolet paralysant braqué sur lui.

Alonzo bondit hors de son lit, mais trop tard.

* * *

Quand Alonzo retrouva ses esprits, il avait un morceau d'adhésif en travers de la bouche et il était ligoté sur son lit.

Autour de lui, il reconnut Neil Osborne, Sam Sebesta et le docteur qui venait de lui tirer dessus. Il chercha à se libérer, mais les liens tenaient bon.

Sam attendit qu'il arrête de gigoter, puis il s'adressa à lui d'une voix calme.

— Vous allez m'écouter très attentivement.

Alonzo le fixait, les yeux exorbités.

– Vous savez qui je suis ?

Alonzo hocha la tête.

– Et bien sûr, vous connaissez Neil Osborne.

Alonzo tourna les yeux et découvrit, furieux, Neil qui le dévisageait, un sourire aux lèvres.

– Quant à ce monsieur, dit Sam en désignant Igor, c'est le docteur Pavlov.

Des trois hommes qui l'entouraient, le plus terrifiant était peut-être ce Dr Pavlov. Il observait Alonzo d'un regard parfaitement inexpressif, comme un cobaye de laboratoire qu'il s'apprêtait à sacrifier.

– Maintenant que les présentations sont faites, poursuivit Sam, je vais retirer votre bâillon. Ce secteur de l'hôpital a été totalement évacué. Si vous hurlez, des gens viendront, mais vous devez savoir qu'aucun d'entre eux ne vous apprécie particulièrement. Ils ne vous seront d'aucun secours.

Sam arracha l'adhésif.

– Laissez-moi vous expliquer ce qui vous est arrivé. Vous n'avez pas eu de crise cardiaque en prison. Non, on vous a fait avaler une bactérie qui simule une crise cardiaque afin de pouvoir vous transférer ici. À l'hôpital.

Alonzo imagina le châtiment qu'il infligerait au détenu qui lui avait proposé le hamburger contaminé.

— Durant votre séjour ici, continua Sam, nous sommes allés en Argentine. Jack et Jeanne sont sains et saufs.

Alonzo se dit que Sam bluffait. Que toute cette mise en scène était un piège pour lui faire avouer où il cachait les deux adolescents.

— J'ignore de quoi vous voulez parler, dit-il.

Sam sourit.

— Je m'attendais à cette réponse. (Il ouvrit une enveloppe kraft.) Je connais votre goût pour la photo numérique. J'ai vu quelques-uns de vos clichés. Voici quelques-uns des miens.

Il lui montra les photos des Osborne, prises dans l'avion du retour.

— Vous reconnaissez sûrement cet avion. Il vous appartient, tout au moins il vous appartenait. Nous vous l'avons emprunté pour aller récupérer les enfants. Mais nous allons le garder. Comme, d'ailleurs, tout ce que vous possédez et dont nous pourrions avoir l'usage...

Il sortit d'autres photographies de l'enveloppe.

— Je pense que les photos suivantes vont vous intéresser, tout particulièrement...

Il lui montra les clichés d'un Raphaël Aznar terrorisé, ligoté à une chaise.

— Raphaël! s'écria Alonzo.

— Il est en vie, dit Sam. Du moins, pour l'instant. Maintenant, cela dépend entièrement de vous.

— C'est-à-dire?

Sam lui tendit une autre photo sur laquelle le Dr Pavlov faisait une piqûre à Raphaël dans le cou.
— Qu'est-ce que vous lui avez fait ? cria Alonzo.
— La même chose qu'à vous, dit Sam. Vous ne sentez pas une légère brûlure au cou ?
Sam ne mentait pas, une douleur lancinante lui échauffait le cou. Alonzo aurait volontiers touché le point sensible, s'il n'avait pas eu les mains attachées. Il commença à trembler.
— Lorsqu'il vous a déclaré qu'il était spécialiste du cœur, le Dr Pavlov vous a dit la vérité. À un détail près cependant. Sa spécialité consiste à *provoquer* une crise cardiaque, pas à l'empêcher. On vous a inoculé une capsule radioactive microscopique, indétectable, impossible à extraire. Elle va circuler librement dans votre corps, pour le restant de vos jours. (Sam sortit de sa poche une minuscule télécommande.) Vous voyez ce bouton rouge ?
Alonzo hocha la tête, inquiet.
— Si j'appuie, la capsule enfermée dans votre organisme explosera. Environ soixante-dix secondes plus tard, votre cœur cessera de battre et aucun massage cardiaque, aucun chirurgien, aucun traitement ne pourra le remettre en marche. En termes clairs, vous mourrez.
— Vous mentez ! cracha Alonzo.

— Il me suffit d'appuyer sur ce bouton et nous verrons bien...

— Non ! souffla Alonzo, le visage en sueur.

Sam lança la télécommande à Neil, qui l'attrapa au vol et sourit.

— Adios, Alonzo !

Il posa le pouce sur le bouton rouge.

— Je t'en supplie, Neil. Non !

Neil hésita.

— Alonzo, vous avez désormais un problème cardiaque, déclara Sam, le visage emprunt de gravité. Tout comme votre frère. Tout comme Zita. Nous aurions pu vous tuer en prison. Nous aurions pu tuer Raphaël et Zita en Argentine. Nous avons choisi de vous laisser la vie sauve, pour le moment. Voici à quelles conditions. Écoutez attentivement parce que si vous, votre frère ou Zita, vous violez une de ces conditions, quelqu'un appuiera sur le bouton rouge. Est-ce clair ?

Alonzo fit « oui » de la tête.

— Votre organisation est démantelée, poursuivit Sam. Grâce au journal de Neil. Le gouvernement des États-Unis a gelé tous vos comptes et confisqué tous vos biens dans ce pays. À l'heure où je vous parle, votre maison en Colombie, toutes vos distilleries et tous vos entrepôts sont en train de brûler. Si vous cherchez encore à vendre un gramme de drogue, vous, votre frère et Zita, vous serez, au même instant, victimes d'une crise cardiaque. Est-ce clair ?

Alonzo hocha la tête.

— Vous laisserez tranquilles les Osborne et tous ceux que vous avez poursuivi de votre vengeance. En d'autres termes, si vous, votre frère ou Zita, menacez quiconque, vous le paierez tous les trois de votre vie. Est-ce clair ?

— Oui, réussit à articuler Alonzo.

— Et en conclusion, le procureur fédéral vous propose un marché. Que vous allez accepter. Vous serez libéré d'ici cinq ans pour bonne conduite, si, naturellement, vous ne décédez pas entre-temps d'une crise cardiaque en prison. Vous serez ensuite exilé en Argentine, où vous rejoindrez votre frère dans votre propriété viticole que nous avons épargnée. Et vous y demeurerez jusqu'à la fin de vos jours. Me suis-je bien fait comprendre ?

— Oui.

— Vous pensez sans doute que vous réussirez à trouver un moyen de vous sortir de cette mauvaise passe ou que nous nous lasserons de vous surveiller. (Sam secoua la tête.) Oubliez tout de suite cette idée. Raphaël et vous, vous serez surveillés chaque minute, chaque seconde, par quelqu'un que vous connaissez bien et dont vous avez longtemps utilisé les services.

El Sereno sortit de l'ombre.

PLUS TARD...

CHAPITRE 54

– Et voilà comment ça s'est passé... conclut Jack.

Il tendit le Commandant PIF à Cataline.

– Je crois qu'il t'appartient.

– Je crois qu'il nous appartient à tous les deux, dit Cat en prenant la figurine toute cabossée.

Ils étaient assis dans l'ancienne chambre de Sam à l'hôtel Nevada. La jambe de Jack reposait sur le lit. Le soleil du désert qui éclairait la fenêtre commençait à décliner. Ils bavardaient depuis des heures.

– Tu crois vraiment qu'il existe une bactérie capable de provoquer une crise cardiaque? demanda Cataline.

Jack sourit.

— J'en sais rien. L'essentiel, c'est qu'Alonzo et Raphaël le croient.

— Et Alonzo a accepté le marché du procureur ?

Jack hocha la tête.

— Il est en prison depuis deux jours.

— Et Sam ? demanda Cataline. Il fait quoi, maintenant ?

Jack secoua la tête.

— Ça, c'est le mystère du siècle ! Mais j'ai dans l'idée qu'il n'avait pas uniquement pour but de nous tirer des griffes d'Alonzo, quand il a monté cette opération. Il pensait à autre chose.

— C'est-à-dire ?

— Il voudrait que mes parents travaillent pour lui.

— Pour faire quoi ?

— Je ne sais pas exactement. Traquer les criminels. Un truc lié au terrorisme. Tout ce que je sais, c'est que mes parents n'arrêtent pas d'en discuter. De toute façon, ils ne prendront aucune décision définitive avant de savoir si Jeanne gagne la finale de « Stars d'Amérique ».

— Et tu vas rester ici jusqu'à ce moment-là ?

Jack sourit.

— Si tu es d'accord.

Cataline l'embrassa.
Jack sortit une enveloppe de sa poche.
C'était la lettre, écrite depuis si longtemps, et qu'il n'avait jamais eu le droit de lui envoyer.

ROLAND SMITH

L'auteur est né en 1951, à Portland, dans l'Oregon, et habite maintenant à Stafford, également dans l'Oregon. Il a trois grands enfants, les enfants du premier mariage de sa femme ; ils ont tous plus de vingt ans. Écrire est son métier à plein temps, mais il fait aussi des tournées de conférences dans les écoles, ou dans des congrès.

Roland Smith est toujours ravi de faire connaissance avec ses lecteurs. Vous pouvez entrer en contact avec lui soit en accédant à son site web : www.rolandsmith.com, soit en lui écrivant à l'adresse suivante :
P.O. Box 911, Tualatin, OR 97062. USA.

DOMINIQUE PIAT

Élevée dans les coulisses d'un théâtre où ses parents étaient comédiens, la traductrice a d'abord consacré sa vie au cinéma. Elle vit maintenant à Paris et traduit très régulièrement des romans pour Castor Poche entre deux tournages.

Retrouvez les premières aventures de Jack Osborne dans :

Disparition programmée

ROLAND SMITH

« J'ai été soumis au Dispositif de protection des Témoins.

En termes clairs, nouvelle identité, nouvelle maison, nouvelle école. Et plus aucun contact avec mes anciens amis. Définitivement.

Désormais, je n'ai plus de passé. Et rien ne dit que j'aie un avenir... »

Cet ouvrage a été imprimé par

C P I
Firmin Didot

Mesnil-sur-l'Estrée

*pour le compte des Éditions Flammarion
en octobre 2008*

Imprimé en France
Dépôt légal : octobre 2008
N° d'édition : L.01EJEFP3388.B003 – N° d'impression : 92291
Loi n° 49-956 du 16 juillet 1949
sur les publications destinées à la jeunesse